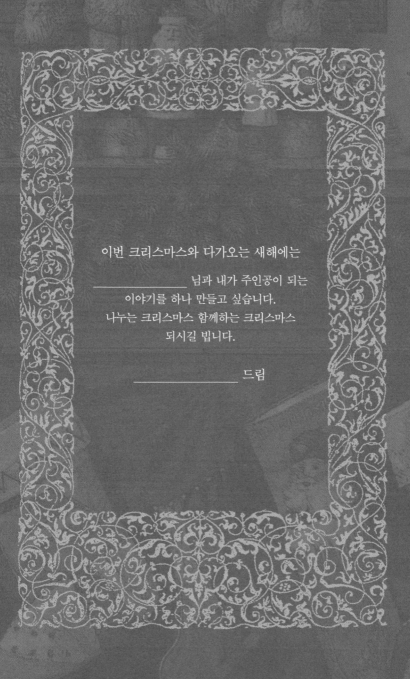

이번 크리스마스와 다가오는 새해에는

_____ 님과 내가 주인공이 되는
이야기를 하나 만들고 싶습니다.
나누는 크리스마스 함께하는 크리스마스
되시길 빕니다.

_____ 드림

내 마음의 크리스마스

국립중앙도서관 출판시도서목록(CIP)

내 마음의 크리스마스 : 세상에서 가장 따뜻한 이야기 /
엮은이 : 헬렌 스지맨스키 ; 옮긴이 : 권혁정. ― 서울 : 나무처럼, 2006
  p. ; cm

원서명 : Classic christmas
원저자명 : Szymanski, Helen
ISBN 89-955427-7-2 03840 : ₩10,000

848-KDC4
818.54-DDC21   CIP2006002530

내 마음의 크리스마스

세·상·에·서·가·장·따·뜻·한·이·야·기

헬렌 스지맨스키 엮음 권혁정 옮김

나무처럼

당신에게는
어떤 크리스마스 이야기가 있나요

신현림(시인)

크리스마스 무렵이면 길가엔 캐럴이 꽃향기처럼 산뜻하게 퍼져간다. 상가마다 켜놓은 불빛들은 더욱 화려하게 빛나고 삶의 아름다운 충만감에 가슴이 벅차오른다. 다른 명절과는 달리 크리스마스는 뭔가 특별하길 바라고, 특별해야 된다는 기대감이 있다. 그러나 현실은 기대만큼 특별하지 않고 그냥 무덤덤하게 흘러갈 때가 많다.

세월을 건너서도 살아남는 크리스마스는 어떤 모습일까? 기억에 남는 내 어릴 적 크리스마스의 추억을 떠올리며 이 책을 펼쳐 보았다.

아, 누군가 말했듯 따뜻한 이야기가 있어 크리스마스가 아름다운 것인가! 이 책엔 돈으로는 살 수도 갚을 수도 없는 온 마음이 담긴 크리스마스 선물이 진정 무엇인가를 보여주는 이야기들로 가득하다.

먼저 감동스럽게 와닿는 「어린 제자의 선물」. 돈이 없어 "저를 선생님께 드립니다I Give You Me!"란 글을 담은 그림을 선물한 이야기는 참으로 아름답지 않은가. 누군가에게 자신의 가치를 깨닫도록 도와주는 것이 얼마나 소중한 일인가를 일깨우는 「샘」, '지구상에서 가장 인간적이고 양심적인' 엄마의 풋풋한 행동으로 아이들에게 잊을 수 없는 추억을 선물하는 「스카프와 팝콘」, ······.

이처럼 누구라도 소중한 사람에게, 가족에게, 연인에게, 벗에게, 혹은 이웃에게 용기를 내서 사랑을 고백하거나 사과를 하거나 진심을 담은 마음을 전하는 일이야말로 인생의 소박하고 위대한 기적을 가져오는 것이다. 크리스마스의 특별함이란 어쩌면 바로 이 책에 담긴 소박하고 향긋한 에피소드들처럼 자기가 가진 소중한 마음을 함께 나누는 이야기들 속에 있는지도 모른다.

서로가 사랑의 눈길로 바라보고, 꿈꾸며, 숨결을 나누고, 참으로 따뜻해서 삶을 위대하게 만드는 이야기들. 아무리 따뜻한 추억이라도 일상에 묻혀 그냥 지나쳐버리거나 쉽게 잊혀져버릴 수 있는 것들을 이렇게 모두 모아 놓으니 삶은 더없이 풍요롭다. 책에 담긴 아름다운 크리스마스의 추억을 읽으며 우리는 최고의 크리스마스를 꿈꾸고 계획할 수 있으리라. 사랑이 넘치는 특별한 날을……

크리스마스가 아름다운 이유

이 책은 사랑하는 이와 함께 읽고 나누면 좋을 아름답고 따뜻한 크리스마스 이야기를 엮은 책입니다. 크리스마스에 얽힌 나눔, 기쁨, 믿음, 소망, 배려, 우정, 믿음, 감사, 헌신, 축복 등 다양한 주제의 글 24편이 담겨 있습니다. 언론인, 성직자, 교사, 소설가, 편집자 등 다양한 분야에서 활동하고 있는 작가 24명이 저마다 간직하고 있는 소박하고도 향긋한 크리스마스의 추억들을 잔잔하게 들려줍니다.

어려운 시절을 함께 한 가족에 대한 이야기, 힘겨운 순간을 잊게 만드는 아이들의 천진난만한 웃음, 가난하고 소외된 이웃과 나누는 기쁨, 어릴적 나를 믿고 힘이 되어준 고마운 선생님……. 세상에서 가장 소중한 추억들, 그 속에 담겨 있는 가족과 이웃, 친구와 연인들의 소박한 이야기가 우리에게 진정한 지혜와 용기와 힘을 줄 것입니다.

여러분에게는 어떤 크리스마스 이야기가 있나요?

여러분의 기억 속에 간직된 희망과 기쁨의 순간을 꺼내어 보세요. 혹 들려줄 만한 아름다운 추억이 없다면 바로 지금, 세상에서 가장 아름다운 나만의 크리스마스 이야기를 만들어 보세요!

인생에는 참 많은 순간들이 있습니다. 사랑하는 사람이 갑자기 죽었을 때, 문제를 해결할 방법이 없어 막막할 때……, 그런가 하면 다른 무엇과도 바꿀 수 없는 행복하고 즐거운 순간들도 있습니다. 조금만 음미하면, 이 모든 순간들은 전혀 다른 순간들이 됩니다. 우리가 엮어갈 이야기가 세상을 살아가는 용기가 되고, 행복한 순간들을 더 값지게 해 줍니다. 세상을 살아가는 지혜가 되고, 다른 사람들에게도 전해지면 몇 배 넘치는 메시지가 됩니다.

이 책에 실린 이야기들은 작가들이 자신의 체험을 바탕으로 쓴 아름다운 추억과 소박한 기적을 작가들 나름의 섬세한 묘사를 통해 놀라운 감동으로 이끌어줍니다.

크리스마스는 단지 1년의 어느 한때, 며칠간의 들뜬 축제일 수만은 없습니다. 어쩌면 4계절, 1년 365일 하루하루가 모두 가족과 연인, 친구와 이웃이 함께 사랑과 기쁨, 슬픔과 즐거움을 나누는 축제가 되어야 하지 않을까요? 때로는 가슴 찡하게 때로는 흐뭇한 웃음이 나는 에피소드들을 통해 여러분 자신이 아름다운 크리스마스의 주인공이 될 수 있기를 빕니다!

헬렌 스지맨스키

 차 례

오랫동안 거기에 그렇게

저를 당신께 드립니다

CLASSIC CHRISTMAS STORY

세상에는 안 변하는 것도 있다

CLASSIC CHRISTMAS

STORY

———

01

Classic Christmas 첫 번 째 이 야 기

샘

나는 누군가에게 자신의 가치를 깨닫도록
도와주는 것이 얼마나 중요한 일인지에 대해
아버지한테서 많은 것을 배웠다.
나는 결코 이 교훈을 잊을 수 없다.
샘이 그랬듯이…….

그 날 누군가 문을 두드렸다. 문을 열었을 때 내 앞에는 너저분한 남자가 서 있었다. 그 모습을 보고 나는 조금 놀랐다. 다해지고 때가 묻은 야구 모자를 쓰고 있던 그는 이름이 샘이라고 했고 아버지를 만나보고자 했다. 나는 아버지를 모셔온 뒤 두 사람을 남겨 놓고 아홉 살짜리 아이의 관심사로 돌아왔다.

아버지는 샘을 '고용'해 그날 보도에 내린 눈을 치우게 했다. 1949년 12월 초, 미주리 마을의 겨울은 유난히 매섭고 추웠다.

집 없는 이 남자는 그해 12월에 세 번이나 더 우리 집 문 밖에 나타났고, 늘 아버지를 만나기를 청했다. 그때마다 아버지는 그에게 눈 치우는 일을 시켰다. 그가 마지막으로 집에 찾아왔을 때 나는 아버지에게 샘에 대해서 물었다.

아버지 직업은 간판을 그리는 일이었다. 아버지는 그 전 해 여름, 한 건물에서 커다란 간판을 그리고 있을 때 샘을 만났다고 했다. 샘은 아버지에게 다가와 얘기를 시작했다. 무척이나 의욕을 보인 남자는 아버지와 대화를 한 것이 무척 즐거웠을 뿐, 더는 아무

것도 원하지 않았다. 그는 단지 누군가와 이야기를 하고 싶었고, 아버지는 그에 응해 주었을 뿐이었다. 그 뒤로 이런 만남과 대화는 두 사람 사이에 계속되었다.

1977년 아버지가 세상을 떠나셨다. 나는 장례를 치르기 위해 집으로 돌아왔다. 그때 현관문을 두드리는 소리가 들렸다. 문을 열었더니 말쑥하게 차려 입고 머리가 허옇게 센 할머니가 서 있었다. 노인은 캔자스 시티의 퇴역군인관리센터 직원이라고 자신을 소개하고는 포장된 작은 선물 상자를 나에게 건네주었다. 그는 아버지의 죽음을 애도하는 마음을 전하고 곧바로 돌아갔다.

나는 그 선물을 거실에서 친구들과 친척들에게 둘러싸여 있는 엄마에게 전해 주면서 그것을 받게 된 과정을 이야기했다.

엄마가 상자를 풀었다. 안에는 제1차 세계대전 메달인 명예 전상장Purple heart이 들어 있었다. 메달 밑에는 편지 한 장이 단정하게 놓여 있었다.

캔자스 시티 퇴역군인관리센터의 도움을 받아 타자 글씨로 쓰인 편지에는, 그 메달은 한 퇴역군인이 가장 아끼는 물건이었는데, 아버지가 유일하게 자신의 얘기를 들어주는 사람이었기 때문에 아버

지에게 메달을 전해달라는 내용이 적혀 있었다. 또 아버지가 그에게 일을 주어 자기 어머니의 크리스마스 선물로 장갑을 살 수 있었다는 글이 실려 있었다.

편지 맨 끝에는 거의 제멋대로 쓴 "샘"이라는 서명이 있었다.

추신에는, 샘은 세상을 떠났고, 메달이 그의 하나밖에 없는 유품이라고 했다. 또, 샘의 유언은 아버지에게 이 메달을 전해달라는 것이었다고도 했다.

샘의 메달은 아버지 관에 함께 넣어져 묻혔다.

나는 누군가에게 자신의 가치를 깨닫도록 도와주는 것이 얼마나 중요한 일인지에 대해 아버지한테서 많은 것을 배웠다. 나는 결코 이 교훈을 잊을 수 없다. 샘이 그랬듯이······.

CLASSIC CHRISTMAS

STORY

02

글쎄,
나도 놀라운데……

애들아, 네 엄마가 이 인형 옷을 필요한

어린 여자 아이들에게 갖다 주라는 부탁을 했구나.

내 생각에는 너희 인형들도 새로운 옷이 필요할 것 같구나.

사랑하는 산타가.

'왔어. 산타가 정말로 왔다 갔어!'

다음 주면 크리스마스다. 하얀 눈이 소담스럽게 쌓였다. 나는 눈을 갖고 노는 것에는 그리 관심이 없다. 단지 산타클로스 썰매가 잘 도착하는 것에만 온통 관심이 쏠려 있을 뿐이다. 산타의 순록이 하늘을 날 수 있다는 사실을 알고 있지만, 그래도 1미터 가까이 눈이 쌓여 있다면 더 좋을 게 아닌가. 또 순록이 하늘을 나는 것에 싫증이라도 난다면 눈 위로 썰매를 타고 우리 집에 도착하면 될 게 아닌가.

크리스마스이브에 산타클로스가 꼭 방문할 거라고 굳게 믿은 나와 동생은 시간이 빨리 지나가기를 바라며 이런저런 놀이를 하면서 하루하루를 보냈다. 그러나 엄마는 부엌 한쪽에서 조용히 무언가를 하느라고 몹시 분주해보였다.

"무슨 바느질을 하는 거예요, 엄마? 인형 옷이에요?"

내가 물었다.

엄마는 매듭을 짓느라고 실을 왔다 갔다 하며 끝마무리를 지었다.

"누구 거예요?"

나는 엄마 두 손에 조그마한 보닛bonnet, 여자나 어린이들이 쓰는 모자로, 턱밑에서 끈으로 맨다. 부드러운 천으로 만들며 모자 가장자리를 물결 모양으로 큼직큼직 주름지게 장식한다이 들려져 있는 것을 보았다. 주위에 얇은 자주색 천이 나비 날개처럼 흩어져 있었고, 실크 리본이 엄마 무릎에 놓여 있었다.

"인형 옷이 필요한 어린 여자아이들을 위해서 만드는 거야."

동생과 나는 서로 눈만 껌뻑였다.

"우리도 필요한데."

우리는 점점 더 가까이 다가서면서 말했다.

엄마는 웃으면서 모자를 들어 올려 우리에게 보여주었다.

"음, 엄마는 이걸 산타클로스에게 주려고 만들고 있는 거야. 산타에게 쪽지를 써 놓을 거야. 그래야 산타가 가져다가 이 옷이 필요한 인형을 갖고 있는 아이들에게 주지."

"아!"

감탄과 함께 실망감이 뒤섞였다. 엄마는 산타를 위해서 인형 옷을 만드는 중이다! 아름다운 인형 보닛과 옷을 받는 아이는 분명 행복할 것이다. 나는 인형 옷을 갖고 싶은 마음을 단념하려고 애썼다.

엄마는 시간만 나면 바느질을 했다. 동생과 나는 거의 헐벗은 우리 인형들을 엄마 곁에 슬며시 놓아두었다. 엄마가 우리 인형들도 얼마나 좋은 옷이 필요한지를 눈치채고, 또 산타에게 우리에 대해서 좋은 말을 써 주기를 바라면서 인형을 엄마 곁에 둔 것이다.

나는 그렇게 어여쁜 인형 옷을 본 적이 없었다. 그 중에 얇은 자주색 천으로 만든 보닛과 드레스 세트는 참으로 예뻤다. 이 드레스에는 작은 퍼프puff 소매소매 끝이나 어깨 끝에 주름을 넣어 약간 부풀게 만든 소매와 진주 버튼이 달려 있었고, 또 같은 디자인으로 보풀보풀한 모양의 분홍색 드레스 세트도 있었다. 나는 그 옷들을 거의 10분은 넘게 바라보았다. 그 옷들을 응시하면서 내 인형에게 입히면 어떤 보습일지, 내 인형이 그 옷을 입으면 얼마나 즐거울지를 마음속으로 그려보았다. 그리고 또 그 옷들을 갖게 되는 아이가 누구든지 내 동생과 나만큼 많이 마음에 들어 하고 고마워하기를 바랐다.

마침내 크리스마스이브가 되었다. 엄마는 우리가 접시에 쿠키와 우유를 준비하는 것을 도왔다. 이것은 산타클로스가 와서 다음 집으로 가기 전에 혹시 간식을 먹고 싶어할 경우를 대비해서였다. 심지어 산타의 순록도 간식을 먹고 싶어할 경우를 대비해서 그 춤고 어두운 밤에 엄마는 현관에 건초 한 무더기를 가져다 놓기도 했다.

엄마는 완성된 인형 옷들을 편지와 함께 쿠키 접시 옆에 놓아두었다.

"산타는 너희가 완전히 잠들기 전에는 오지 않아."

엄마가 우리에게 상기시켜 주었고, 우리는 허둥지둥 침대에 누워 이불을 뒤집어썼다.

우리는 기대로 부푼 마음 때문에 오랫동안 꿈나라로 들지 못했다. 하지만 결국 잠이 들었다.

우리는 아주 이른 새벽에 깨어나 온통 부산을 떨면서 자고 있는 식구들을 다 깨웠다.

"산타가 왔는지 가서 보자."

엄마가 말했다. 우리는 아빠의 무비 카메라 빛이 깜빡이는 곳으로 향했다. 쿠키 접시에는 부스러기만 조금 남아 있었고, 우유 잔은 텅 비어 있었다.

"야, 여기 좀 봐."

아빠가 큰 글씨로 쓴 쪽지를 주워들면서 말했다.

쿠키와 우유를 주어서 고맙다. 사랑하는 산타가.

순록이 다녀 간 흔적인 듯 현관에 놓아 둔 건초더미가 약간 흩어 져 있었다.

'왔어. 산타가 정말로 왔다 갔어!'

바로 그때 자주색과 분홍색 옷이 눈에 들어왔다. 엄마가 놓아둔 곳에 그대로 놓여 있었다.

"어, 엄마. 산타가 인형 옷을 가져가는 걸 잊어버렸나 봐요!"

내가 큰 소리로 말했다.

"그래?"

엄마가 물었다.

"네, 보세요."

나는 엄마에게 보여주려고 자주색 세트를 들어올렸다. 바로 그 때 분홍색 보닛 밑에서 쪽지가 하나 나왔다.

애들아,

네 엄마가 이 인형 옷이 필요한 어린 여자 아이들에게 갖다 주라는 부탁을 했구나. 내 생각에는 너희 인형들도 새로운 옷이 필요할 것 같구나.

사랑하는 산타가.

산타의 말에 너무도 놀란 우리는 서둘러 멋진 인형 옷을 가져가 우리 인형들에게 입혔다.

"엄마, 보세요! 완전히 딱 맞아요. 산타가 어떻게 크기를 알았을까요?"

우리가 흥분하며 말했다.

엄마의 눈은 반짝반짝 빛이 났다. 엄마가 한 말이라고는 "글쎄, 나도 놀라운데…….."뿐이었다.

그 마법의 아침 이후로 아주 많은 크리스마스가 지나갔다. 나는 엄마가 '인형 옷이 필요한 어린 여자 아이들을 위해' 옷을 만들던 그때가 그립다. 우리와 그 즐거움을 함께 나누며, 어떻게 산타가 우리 인형의 옷 크기를 정확하게 알았는지를 궁금해하던 엄마의 미소를 결코 잊을 수 없다.

CLASSIC CHRISTMAS

STORY

03

Classic Christmas 세 번 째 이 야 기

보잘것없는 내게

오늘도 꿈결처럼,

아주 오래 전 그날 밤에 할아버지가 엄마의 선물을 받고

환하게 미소짓던 모습을 떠올린다.

그리고 미소에 답하고 있는 나를 만난다.

19 50년대 초 추운 12월의 어느 날 저녁, 엄마 뒤에 뒤처진 나는 자동차를 향해 걸어가면서 별들을 올려다보았다. 엄마와 나는 종종 밤하늘을 수놓는 은하수와 별자리를 관찰하곤 했다. 그 날 밤도 헤아릴 수 없이 많은 작고 흰 빛이 검은 하늘을 배경으로 눈부시게 깜박거렸다.

고요한 밤의 적막을 깨듯 차에 탈 때 문에서 쾅 소리가 나자 나는 소스라치게 놀랐다. 추위 때문에 무릎이 시렸다. 무척 낮은 기온인데도 자동차는 큰 소음을 내며 움직였다. 자동차는 내가 죽기보다 하기 싫은 심부름을 하는 곳을 향해 불빛을 뿜으며 달려갔다.

엄마는 내게 집에서 구운 빵을 포장하는 일을 시켰고, 엄마가 자동차 시동을 켜 놓고 기다리는 동안 내가 이웃집에 선물로 빵을 갖다 주도록 했다. 나는 형제가 넷이나 있는데 왜 나한테만 귀찮은 일을 시키는지 이해가 되지 않았다. 차를 타고 달리면서 나는 그린 할아버지의 우유 짜는 헛간에서 불빛이 새어 나오는 것을 보았다. 그 불빛과, 저 먼 하늘의 별들은 마치 어두운 밤에 나를 환영하는 항구처럼 보였다. 엄마 옆에 앉아 있는 내가 작고 시시하게 느껴졌다.

"그린 할아버지에게 과일 빵을 드리면서 '메리 크리스마스' 하고 분명히 말해야 해. 그린 할아버지는 집에서 빵을 굽지 않아. 그러니 아주 맛있게 드실 거야."

엄마는 내게 가까이 다가서며 말했다.

우유 짜는 헛간 앞에 도착하자 엄마는 내가 그린 할아버지를 만나면 어떻게 해야 하는지를 좀 더 알려주고, 차 밖으로 나가라고 나를 달랬다. 나는 아무런 대답도 할 수 없었다. 구부정하게 늙은 할아버지에게 무슨 새해 인사를 하란 말인가? 할아버지는 우리 집에 자주 찾아오는 분도 아니었다. 나는 할아버지에게 한번도 말을 걸어본 적이 없었다.

몇 발자국 안 가서 나는 우유 짜는 헛간으로 들어섰다. 온기가 갑작스럽게 밀려왔다. 건초 냄새, 거름 냄새, 우유 냄새가 비위에 거슬렸다. 라디오에서 크리스마스 노래가 배경음악으로 울려 퍼졌다. 착유기에서 쉭 하고 나는 부드러운 소리와 더불어 나는 그린 할아버지가 우리에서 건초를 먹고 있는 젖소 여섯 마리 가운데 한 마리에게 말하는 소리를 들었다.

"가만히 좀 있어, 베스."

할아버지는 소를 달랬다. 소는 곧 편안함을 느끼는 듯했다. 할아버지가 말한 내용이 아니라 할아버지의 말투 때문인 것 같았다. 끝에 빨간 매듭을 단 호일에 싼 과일 빵을 꽉 쥔 나는 다소 안심이 되어서 헛간 주위를 둘러보았다. 하지만 처음으로 찾아간 낯선 헛간이 나는 무척이나 불편했다. 보기에는 다른 집 우유 헛간과 별로 다르지 않았다. 열두 살 난 여자 아이가 관심을 가질 만한 것은 아무것도 없었다.

'지금은 크리스마스야. 나는 다른 아이들처럼 재미있게 놀 권리가 있다구! 도대체 내가 이런 헛간에 서서 뭐하는 거지? 이런 헛간에서 내가 지금 뭘 하고 있는 거냐구!'

나는 속으로 중얼거렸다.

그런 할아버지가 일어서더니 나를 알아보았다. 할아버지는 내가 들어올 때 문 소리를 듣지 못한 듯했고, 또 이곳은 사람들이 자주 찾아오지 않기 때문에 얼굴에 놀라는 표정이 뚜렷했다.

할아버지는 주춤거리며 나에게 인사를 했다.

"안녕…… 안녕, 애야."

할아버지는 내게 뭐라고 말해야 할지 몰랐고, 나도 분명히 할아버지에게 뭐라고 말해야 할지 생각이 나지 않았다.

할아버지가 다가오자 나는 빵을 내밀면서 더듬거리며 말했다.

"엄마가요…… 그러니까…… 이것 갖다 드리래요. 메리 크리스마스…… 저…… 엄마가 새해 복 많이 받으시라고…… 전해…… 달래요."

앞뒤 없는 말이 입에서 마구 뒤섞여 나왔다. 나는 바보가 된 느낌이었다. 허름한 작업복에 앙상하게 마른 이런 할아버지가 어떻게 크리스마스를 잘 보낼 수 있단 말인가? 할아버지의 부인은 세상을 떠났다. 식구가 아무도 없다. 할아버지는 여느 날과 다름없이 크리스마스에도 저 소들과 함께 보내야 할 것이다.

할아버지의 행동을 보니 이제껏 내가 잘못 생각했다는 것이 분명해졌다. 할아버지는 혈관이 쑥 튀어나온 주름진 손으로 빵을 받으면서 나를 보고 환하게 웃었다.

"네 엄마는 늘 내게 맛있는 것을 갖다 주는구나. 아무 보잘것없는 내게 말이다. 고맙다고 전해다오."

그 순간 뭔가가 나를 덮친 듯했다. 사소한 선물에 대한 할아버지의 압도적인 감사, 우유 짜는 헛간의 온기, 이웃을 위해서 빵을 굽는 엄마의 즐거움. 그 순간 내 안과 밖에서 뭔가가 바뀌는 느낌이었다. 그런 할아버지의 미소를 보자 나는 이런 심부름을 하게 된 것이 무척 기뻐졌다.

그날 밤 이후로 수많은 세월이 흘렀다. 지금 나는 추운 겨울밤에 별들의 흔적을 방해하는 가로등이 번쩍번쩍하는 도시에서 살고 있다. 가장 가까운 우유 헛간조차도 아주 멀리 떨어져 있다. 하지만 여전히 이웃은 존재한다. 그들은 단지 크리스마스 때 뿐만이 아니고 내 삶에 중요한 부분이다. 그들은 나를 윤택하게 해 주고, 나도 그들에게 그러기를 바란다.

그때의 크리스마스를 돌이켜보면, 엄마는 선물을 주고받는다는 것이 어떤 것인지를 나에게 가르쳐 주기 위해서 심부름을 시킨 것 같다. 앞으로도 오늘처럼 스산한 저녁이면, 그런 할아버지 헛간의 모습이 떠오르고 그분의 부드러운 목소리가 나에게 들려올 것이다. 오늘도 꿈결처럼, 아주 오래 전 그날 밤에 할아버지가 엄마의 선물을 받고 환하게 미소짓던 모습을 떠올린다. 그리고 그 미소에 답하고 있는 나를 만난다.

CLASSIC CHRISTMAS

STORY

04

Classic Christmas 네 번 째 이 야 기

빨간 자전거

"아버지는 결코 당신이 특별하다고 생각하지 않으셨어요.

하지만…… 저에게는 특별했어요."

"세상에는 안 변하는 것도 있는 모양일세……."

토미 밀러는 10살 무렵 그 어느 것보다도 빨간색 스윈 플라이어 자전거를 갖고 싶어했다. 그는 시어스로벅 카달로그에서 빨간 자전거 사진을 본 뒤부터 그 꿈을 꾸기 시작했다.

어느 토요일 아침, 그는 아빠와 함께 마을로 갔다. 미스터 하리스의 웨스턴 오토 상점 앞 창문에 토미가 이제껏 본 가장 아름다운 빨간색 스윈 플라이어 자전거가 전시되어 있었다. 토미는 부러운 눈빛으로 자전거를 뚫어지듯 눈여겨보면서 아빠를 따라 안으로 들어갔다. 토미는 아빠가 미스터 하리스와 대화하는 틈을 타서 조심스럽게 크롬 펜더를 손으로 쓰다듬어 보았다.

토미 아빠는 오클라호마의 마리에타 마을에 발령받고 온 오클라호마 주 순찰경찰이었다. 토미네 식구 다섯 명은 마을 외곽에 작은 집을 빌려 이사왔다. 그 집은 낡고 외풍이 심했지만 젊은 경찰의 월급으로는 그 정도밖에 얻을 수 없었다.

토미는 창가에 있는 빨간색 자전거의 매력에 흠뻑 빠졌지만 그는 그것이 결코 자신의 것이 될 수 없다는 것을 알고 있었다. 그런 자전거를 살 돈은 어디에도 없었다! 그런데도 토미는 마음속에서 자전거를 떨쳐버릴 수가 없었다. 그날 밤, 토미는 깊은 한숨을 쉬며 엄마 아빠한테로 가서 꺼내기 힘든 말을 기어이 하고 말았다.

"아빠, 오늘 미스터 하리스 상점에서 본 빨간색 스윈 플라이어 자전거 기억나요?"

레이 밀러는 신문을 내려놓았다.

"그럼. 아주 좋은 자전거처럼 보이더구나, 토미."

"아빠, 크리스마스 선물로 그 자전거 갖고 싶어요. 다른 건 다 필요 없어요. 정말이에요!"

"토미, 글쎄…… 굉장히 비쌀 텐데. 지금 우리는 그럴 만한 사정이 안 되는구나."

아빠가 설명했다.

"가능하면 네가 그 자전거를 갖게 해 주고 싶다만, 토미. 그게 가능할지 모르겠구나."

엄마는 토미를 끌어안으며 키스를 했다.

"자! 가서 자거라, 토미."

토미가 침실 문을 닫자 엄마는 남편에게 몸을 돌렸다.

"여보. 나도 그 자전거를 토미에게 사주고 싶어요. 요즘 토미는 이런저런 일도 잘 도와주고, 학교에서도 아주 잘 하고 있어요. 무슨 방법이 없을까요?"

"한번 해결해보자구요. 어쩌면 비번일 때 경비 일을 좀 할 수 있을지도 몰라요. 크리스마스 때까지 어떻게든 돈을 많이 모아야겠어요."

토미 아빠는 용기를 내어 말했다.

크리스마스이브가 되자 토미와 두 동생들은 일찍 잠자리에 들었다. 토미는 자전거말고는 아무런 생각도 나지 않았다. 늘 마음속에서 떠나지 않았고, 잠이 들었을 때조차도 꿈속에 나타났다.

크리스마스 아침, 토미의 두 동생은 거실로 뛰어와서 선물 꾸러미를 열어보기 시작했다. 토미는 머뭇거렸다. 그는 자전거가 얼마나 비싼지 알고 있었다. 엄마 아빠가 쉽사리 구할 수 없을 만큼 비싼 금액이었다. 주춤거리다가 토미는 동생들과 함께 있기 위해서 거실로 들어왔다.

아, 그런데 이게 어찌된 일인가! 눈 앞에 자전거가 서 있는 게

아닌가! 그것은 전에 토미가 미스터 하리스의 상점에서 본 것이 아니었다. 훨씬 더 좋은 것이었다! 자전거는 화려했다. 카달로그에서 본 사진보다 훨씬 더 멋졌다. 흰색 월 타이어, 크롬 핸들바, 스포크 휠. 거기에 스프링이 장착된 가죽 안장과 3단 기어를 갖추고 있었다! 이건……, 세상에서 가장 멋진 자전거였다. 세상에, 그토록 멋진 자전거가 그의 것이 된 것이다!

그 뒤로 많은 세월이 흐른 1978년, 토미와 그의 아내 케냐, 그리고 어린 딸 스태이시는 크리스마스를 지내러 댈러스로 가고 있었다. 가는 길에 마리에타 인터체인지가 다가오자 토미가 의견을 물었다.

"케냐, 내가 예전에 살던 곳에 잠시 들러봐도 괜찮겠어? 그곳이 얼마나 변했는지 보고 싶은데."

"그래. 재미있을 것 같은데."

케냐가 대답했다.

마을 번화가는 꽃과 빛으로 장식이 되어 있었다. 토미가 기억하는 가게들은 대부분 문을 닫았거나 좀 더 '현대적인' 프랜차이즈로 바뀐 상태였다. 하지만 웨스턴 오토 상점은 여전히 그 자리에 있었다. 그는 출입문을 당겼다.

"자, 들어가 보자. 여기 주인 아저씨, 하리스 아저씨는 오래전부터 알던 분이야."

안으로 들어서자마자 토미는 나무로 만든 계산대 뒤에 서서 웃고 있는 나이든 남자를 보았다. 오랜 세월이 흘렀는데도 미스터 하리스를 한눈에 알아볼 수 있었다.

"안녕하세요, 하리스 아저씨. 혹…… 저를 기억하시겠어요?"

"토미 밀러! 당연히 기억하지! 가끔씩 아버지와 여기 들렸잖아."

미스터 하리스가 큰 소리로 말했다.

스태이시는 자전거에 정신이 팔려 있었다. 그 많은 자전거 가운데서 자기 몸에 딱 맞는 작은 빨간색 세발자전거였다. 토미는 딸아이의 눈이 반짝거리는 것을 보면서 옛 시절이 떠올랐다.

"이곳에서 어머니 아버지께서 크리스마스 선물로 제게 처음 자전거를 사주셨어요."

그가 중얼거리듯이 말했다.

미스터 하리스가 씨익 웃었다.

"그래, 여기에서 사갔지. 1955년 크리스마스였어. 그래, 기억
나. 딱 하나밖에 없는 빨간색 스윈을 자네 아버지가 사러 오기 이
틀 전에 팔았거든. 그래서 파란색밖에 남지 않았었지. 그런데 자
네 아버지가 와서 꼭 빨간색이 필요하다는 거야. 그래서 주문해
주겠다고 했지. 하지만 오는 데 시간이 좀 걸렸어. 자전거가 크리
스마스이브 전날에야 겨우 도착했지 뭔가. 그런데 자네 아버지가
자전거를 찾으러 왔을 때에야 비로소 주문한 자전거와 똑같은 것
이 아니라는 걸 알게 된 거야. 글쎄, 훨씬 더 비싼 모델이 왔지 뭐
야. 자네 아버지는 차이가 나는 그 돈을 낼 능력이 없었고, 다시
주문하기에는 너무 늦었지. 그때 아버지는 고속도로를 순찰하는
일을 하셨잖아?

아버지는 내가 만난 사람 가운데 가장 멋진 사람이었지. 할 수
없이 차이나는 환상적인 자전거 값은 내 크리스마스 선물로 하기
로 했지. 그러자 자네 아버지가 감동해서 눈물을 흘리는 거야…….
아버지는 나한테 계속해서 고맙다는 말을 했지 뭔가."

"저도 그 선물이 분에 넘친다는 걸 알았어요. 아버지는 결코 당
신이 특별하다고 생각하지 않으셨어요. 하지만…… 저에게는 특별

했어요."

토미는 차분히 대답했다.

"아버지는 잘 계신가, 토미? 자네 가족이 이사 간 뒤로 소식을 듣지 못했구먼."

미스터 하리스가 물었다.

토미는 잠시 머뭇거렸다.

"아버지는 3년 전에 근무 중에 돌아가셨어요."

토미는 조용히 말하면서 창가에 쭉 전시되어 밝게 빛나고 있는 자전거들을 보았다. 오래전에 부모님이 자신을 위해서 한 희생이 되살아났다.

"아버지는 크리스마스이브에 돌아가셨어요."

토미의 말을 들은 미스터 하리스는 깊은 상념에 젖었다. 그는 슬 픈 얼굴로 손을 뻗어 토미와 작별 악수를 했다. 그때, 그는 진열되 어 있는 세발자전거에서 토미의 딸이 두 눈을 떼지 못한다는 것을 알아차렸다.

"잠깐만."

그는 세발자전거로 가서 빛나는 자전거를 번쩍 들었다.

"자, 스태이시. 메리 크리스마스. 이 자전거는 네 거다."

"오, 하리스 아저씨. 이러면 안 됩니다……."

토미는 말려보려고 했지만 아저씨는 히죽 웃으며 손을 저었다.

"귀여운 딸아이에게 주는 내 선물이네, 토미."

미스터 하리스는 스태이시가 놀란 얼굴로 빨간 자전거를 만지면서 안장에 올라타는 모습을 보면서 껄껄 웃었다.

"세상에는 안 변하는 것도 있는 모양일세……. 아이들이 크리스마스에 자전거를 좋아하는 것 말일세."

토미를 바라보면서 그가 말했다.

CLASSIC CHRISTMAS

STORY

05

Classic Christmas 다 섯 번 째 이 야 기

아빠가
크리스마스에
집에 못 온다구?

'아빠가 오지 못하면 어쩌지? 할아버지 말씀이 옳으면 어쩐다지?'

우리는 무일푼이었다.

하지만 오지 않을 것 같던 크리스마스는

결국 우리를 찾아왔다.

크리스마스이브였지만 우리는 무일푼이다. 완전히 무일푼이다. 성스러운 크리스마스는 오자크 산지 작은 산기슭에 살고 있는 우리에게는 결코 찾아오지 않을 것이다. 우리는 오클라호마 치킨 크리크 언덕 작은 오두막에 살고 있다. 중간에 커튼을 쳐서 침실과 거실로 사용하는 이곳에서 나는 엄마와 형제 다섯 명과 함께 살고 있다. 이곳에서 유일한 즐거움은 술래잡기를 하며 오두막 주위를 뛰어다니는 것이다.

"밖에 나가서 놀아!"

청소하는데 어린 동생들이 서로 부딪치며 일을 방해하자 엄마가 화를 내며 말했다. 우리는 곧장 추운 바깥으로 사라졌다.

동생과 나는 오두막 앞의 거친 진흙길을 향해 내달렸다. 그곳에는 파손된 둥근 통이 있었다. 우리는 이것을 재미로 타고 놀았다. 나는 억지로 둥근 통 안으로 들어가서 잔뜩 긴장한 채 언덕 밑까지 구를 준비를 했다.

"준비됐지?"

제리가 외쳤다. 대답을 듣지도 않고 제리는 둥근 통을 밀었다.

"쿵! 쾅!"

통이 밑으로 굴러 내려가면서 여기저기 부딪치며 튕겨나갔다. 이리저리 부딪치면서 둥근 통은 언 땅 속에 박혀 있는 바위와 충돌했다. 마지막으로 철커덩 소리와 함께 통은 단단히 언 눈덩이에 부딪치더니 허공으로 날아서 도랑으로 처박혔다.

나는 천천히 통 밖으로 기어나와 도로로 올라갔다. 내 살은 덜덜 떨렸고 내 심장은 아직 하늘을 날고 있는 것처럼 벌렁거렸다. 자동차 경적 소리가 나자 나는 약간 멍한 상태로 몸을 돌렸다. 내가 피하기도 전에 회색 세단이 내 옆에 와서 급하게 멈추어 섰다. 할아버지였다.

"길에서 피해! 죽고 싶니?"

할아버지가 고함쳤다. 더는 혼내지 않고 할아버지는 속도를 늦추고 오두막을 향하여 차를 몰았다. 나는 온힘을 다해 지름길로 내달려 할아버지보다 앞서서 오두막에 도착했다. 나는 재빠르게 비밀장소인 현관문 밑의 구멍으로 기어들어가서 차가운 땅바닥에 풀썩 주저앉았다. 할아버지는 여름철 오두막 임대 사업과 다른 일들로 몹시 바쁜 분이었다. 그런 분이 이런 벌건 대낮에 이곳을 방문하는 경우는 거의 없었다. 할아버지가 왜 이곳을 찾아왔던 간에 엄마에게 중요한 볼일이 있는 것은 분명했다.

할아버지의 자동차가 현관 옆에 와서 멈추었다.

"노마 진! 너 집에 있니?"

할아버지가 차에서 내리면서 소리쳤다.

문이 "꽝!"하고 열리더니 집에서 나오는 엄마의 발자국 소리가 들렸다.

"내일 크리스마스 저녁에 대해서 다시 한번 얘기해 주려고 왔다. 네 엄마가 하루 종일 요리를 하고 있더구나."

할아버지는 엄마의 인사는 받지도 않으면서 말씀하셨다.

나는 할아버지가 말씀하시는 모습을 비밀장소에서 살짝 엿보았다. 할아버지는 팔짱을 끼고 차가운 차에 기대 서 계셨다.

"그건 그렇고, 네 남편은 직업을 구했니? 직업을 찾으러 남쪽으로 간 지 벌써 한 달이 넘었어. 직장을 그만두지 말고 계속 버텼어야 했는데."

바람이 세차게 불어오는 앞마당은 잠시 침묵에 휩싸였다. 너무

조용해서 나는 오두막 주위로 벌거벗은 나뭇가지가 바람에 살랑살랑 나부끼는 소리까지 들을 수 있었다.

마침내 엄마가 정적을 깨고 맑고 또렷한 음성으로 말했다.

"아빠, 제가 말했잖아요. 로이는 개인적으로 문제가 있어서 회사를 그만둔 게 아니라구요."

할아버지는 고개를 저으면서 지갑을 꺼냈다.

"됐어요, 아빠. 크리스마스에 로이가 올 거예요."

엄마는 할아버지가 내미는 돈을 거절했다.

"씩씩거리지 마라. 날씨가 너무 안 좋아 텍사스에서 이곳으로 오는 길이 만만치 않을 거야. 로이가 새해를 맞기 전까지만 도착해도 운이 좋은 거야."

할아버지는 지갑을 도로 집어넣으면서 불평하셨다.

'아빠가? 아빠가 크리스마스에 집에 못 온다구?'

내 두 눈은 할아버지가 자동차 창문에서 크리스마스 캔디 캐인 봉지를 꺼내 엄마에게 전해 주는 모습을 목격하면서 눈물이 글썽거렸다. 나는 할아버지가 가실 때까지 기다렸다가 황급히 쫓기는 강아지처럼 춥고 어두운 은신처에서 빠져 나왔다. 집안으로 들어

가자 엄마는 난로 위에 올려 놓은 크림 포테이토 스프를 휘젓고
있었다.

"너! 진흙투성이 얼굴에 웬 눈물이야? 문 밑에서 할아버지와 하
는 얘기를 들었구나?"

엄마는 나를 안아주려고 급히 낡은 크리스마스 앞치마에 두 손
을 닦았다. 내 아랫입술이 경련을 일으켰다.

나는 고개를 끄덕였다. 엄마가 나를 품에 안아주었다.

"애야, 할아버지는 막내딸인 엄마하고 너희가 걱정이 되어서 그
러는 거야. 하지만 할아버지가 잘못 생각하신 거야. 아빠는 꼭 오
실 거야."

엄마가 부드럽게 말했다.

나는 침대에 누웠지만 잠이 오지 않았다. 이제 몇 시간만 지나면
크리스마스이브다.

'아빠가 오지 못하면 어쩌지? 할아버지 말씀이 옳으면 어쩐다
지?'

이윽고 나는 침대에서 일어나 침실과 거실을 구분해 놓은 커튼
쪽으로 기어갔다. 차가운 나무 바닥으로 기어 나온 나는 엄마를

지켜보았다. 엄마는 부엌 탁자에 앉아서 열심히 뭔가를 하고 있었다. 탁자 위에는 망치와 밝은 색깔의 갖가지 잡동사니들이 널려 있었다. 장난감을 만들고 계셨다. 실로 만든 바퀴 달린 작은 자동차, 부드러운 천 인형, 노란색 실로 꿰맨 인형 드레스도 놓여 있었다. 내가 그곳에 있는 것을 발견한 엄마가 들어가서 자라고 할 때까지 나는 그곳에서 엄마가 크리스마스 선물을 만드는 모습을 지켜보았다.

몇 시간이나 지났을까? 나는 시끄러운 소리에 잠에서 깨어났다. 나는 차가운 나무 바닥에 앉아서 주위를 둘러보았다. 오두막 문이 서서히 열리더니 안으로 검은 형상이 들어와서 엄마를 끌어안는 것이 아닌가!

"아빠! 아빠다!"

나는 펄쩍펄쩍 뛰면서 몸부림쳤다.

내 소리에 형제들이 다 잠에서 깨어났다. 그들은 커튼 뒤에서 뛰쳐나와 아빠에게 몸을 던졌다. 엄마는 웃으면서 아빠를 갈색 안락의자에 앉게 했다. 아빠가 텍사스에서 새로 구한 일자리 얘기를 하는 동안 엄마는 핫 초콜릿을 만들기 위해 우유를 데웠다. 우유를 휘젓는 동안 엄마는 피곤한 눈을 비비면서 미소지었다.

우리는 무일푼이었다. 완전 무일푼이었다. 하지만 오지 않을 것 같던 크리스마스는 결국 우리를 찾아왔다.

CLASSIC CHRISTMAS

STORY

06

Classic Christmas 여 섯 번 째 이 야 기

행복한 얼굴

"레이몬드, 나는 네가 만든 이 집이 참 마음에 드는구나.
이건 무척 특별한 집이구나."

크리스마스에 내가 왜 릿지 크레스트로 돌아왔는지는 알 수 없다. 나는 마치 어디에도 소속되지 못한 것같이 가슴이 텅 비어 기분이 가라앉았다. 뭔가가 내 양아버지가 해군으로 복무했던 작고 하찮은 캘리포니아 불모지 마을로 돌아오도록 나를 끌어당겼다.

나는 랜트카를 피어스 초등학교 주차장으로 몰고 갔다. 옛 감정들이 물결을 일으키며 살아났다. 나는 차에서 내려 천천히 우리가 구슬을 갖고 놀던 운동장을 따라 걸어갔다. 추억이 샘솟듯 흘러나왔다. 모래 위에서 구슬 놀이를 하고 있는 작은 소년의 모습이 떠올랐다. 우리 둘은 번갈아 가며 상대방의 구슬을 맞히려고 애를 쓰고 있었다. 구슬을 아주 세게 던지는 기술이 필요했다. 내가 제대로 못 맞힌다면 상대편도 쉽지는 않을 것이다. 거기다 난 구슬을 너무 세게 던지고 싶지는 않았다. 세게 던질 경우 구슬끼리 부딪쳐 깨질 수도 있었다. 깨진 구슬은 아무짝에도 쓸모가 없다.

나는 계속해서 내 과거의 모습 속으로 걸어갔다. 로프타기 게임을 해서 주근깨투성이인 마이크 워터스에게 내가 가장 아끼는 녹색 구슬을 잃었다. 또 나는 그 아이의 빨간 구슬이 내 녹색 구슬을 맞혔을 때의 충격과 실망감도 떠올랐다. 나는 그저 서서 내 구슬이 그 아이의 주머니 속으로 쏘옥 들어가는 모습을 지켜보아야만 했다.

아스팔트에 다다라서 몇 발자국 걷자 다른 기억들이 밀려왔다. 여기저기서 아이들이 나타났다. "그건 안 돼! 그건 안 돼!"하고 노래하는 아이들, "꼬마야, 꼬마야!"하며 땅에 부딪치는 로프를 뛰어넘는 아이들, 깔깔거리는 웃음소리, "아니, 흥! 넌 날 잡지 못해, 넌 날 잡지 못한다구!"하고 외치는 세찬 목소리.

아스팔트 끝에서 아이들 두 무리가 야구를 하고 있었다. 오른 쪽에서는 여자 아이들이 이리저리 뛰어놀기 시작했다. 아이들이 들고 뛸 때마다 그들의 뒤로 묶은 머리와 땋은 머리가 제멋대로 출렁거렸다. 사각 코트에서는 큰 소리로 말싸움하는 소리가 들려왔다. 차례를 기다리며 조급하게 줄을 서서 기다리는 남자 아이들과 여자 아이들은 빨리 게임을 마치라고 하고 있다. 아스팔트 가운데 큰 동그라미 모양에서는 아이들이 피구를 하고 있었다. 우리가 피구를 할 때는 허리 위로 던지면 안 되는 규칙이 있었는데, 지금 아이들이 하는 경기를 지켜보니 계속해서 머리로 공을 던지는 아이도 있었다.

다음으로 내 눈에 테더볼_{기둥에 매단 공을 라켓으로 치고 받는 경기} 기둥이 들어왔다. 나는 항상 테더볼 경기를 그리워했다. 경기를 하다가 얼굴에 공을 맞은 이후로 나는 다시는 이 경기를 하지 않았다.

마크 리용스와 안토니오 더블린스와 함께 나는 방과 후에 자전거 뒷바퀴만으로 달리는 콘테스트에 참석한 적도 있었다. 내 녹색 '허피'를 타고 아스팔트 위를 달리는 것은 정말로 멋졌다. 내 멋진 뒷바퀴가 튀어오르면 나는 핸들을 꽉 움켜잡고 얼굴에 시원한 바람을 맞으며 내달렸다.

교실이 있는 쪽으로 향하면서 나는 눈송이와 코가 반짝이는 루돌프를 꾸며놓은 것에 감탄하지 않을 수 없었다. 모자와 스카프를 두른 눈사람과 창가에 장식해 놓은 반짝반짝 빛나는 크리스마스트리도 멋졌다.

학교 건물 안으로 들어가 2학년 때 교실을 찾아갔다. 교실 문 앞에는 거대한 산타가 밝게 손을 흔들고 있었다. 나는 살짝 창문

을 통해 흰 바탕에 크고 둥근 검은색 시계를 보았다. 빨간색 초침이 검은 숫자를 향해 원을 그리고 있었다. 책상 네 줄은 가로로 긴 칠판을 바라보았고, 대문자와 소문자 알파벳 카드가 벽을 장식해 놓았다.

2학년 담임선생님이 생각났다. 짧고 부푼 머리에 두꺼운 갈색 안경을 쓴 메인 선생님은 행복한 얼굴로 교실을 누비고 다녔다. 쉬는 시간이 끝나서 조용히 교실로 들어온 학생들은 행복한 얼굴과 만났고, 금요일에는 '가장 행복한 얼굴을 뽑아' 상을 주기도 했다.

메인 선생님은 점심 먹은 뒤에 우리에게 책을 읽어준 유일한 선생님이다. 그해에 선생님은 『샬롯의 거미줄 Charlotte's web』을 읽어주었다. 선생님은 하루에 15분 정도만 읽어주었다. 하지만 이것은 내 글쓰기에 많은 도움이 되었다. 그때 나는 글쓰기를 어려워했다. 하지만 선생님이 책을 읽어 주고 이야기를 들려 주는 것은 나를 만족시키고도 남았다.

메인 선생님은 우리를 집중시키게 하는 맑은 목소리를 가졌고, 두 눈은 아주 컸다. 선생님은 책을 읽으면서 우리에게 생동감을 주기 위해 두 팔을 휘둘렀다. 읽어주는 시간이 다 끝나면 여기저기서 불만 섞인 목소리가 터져 나왔다.

그해 겨울 우리는 점토로 크리스마스 장식품을 만들었다. 아이들은 빨간색과 녹색 점토로 산타클로스와 꼬마요정을 만들었다. 왜 나는 노란 창문들이 있는 고동색 집을 만들었는지 모르겠다. 아이들이 나를 놀려댔다. 노란 창문들이 있는 고동색 집은 크리스마스와는 아무런 상관이 없었다. 메인 선생님은 아이들이 웃지 못하게 했다. 선생님은 크리스마스는 아주 다양한 방법으로 표현할 수 있다고 말씀하셨다. 그런 다음 선생님이 내 옆으로 와서 무릎을 꿇고 내 어깨에 손을 얹으면서 말씀하셨다.

"레이몬드, 나는 네가 만든 이 집이 참 마음에 드는구나. 이건 무척 특별한 집이구나."

그러면서 선생님이 내게 미소를 지어보였다……. 그때보다 더 좋았던 적이 있었는지 잘 생각이 나지 않는다. 그해는 내가 최고의 학교생활을 한 해였다.

우리는 다음 해 여름에 이사했고, 나는 다른 학교로 전학을 갔다. 지미라는 아이가 내게 진짜 산타클로스는 없다고 말해 주었다. 새로 만난 선생님은 행복한 얼굴 표정을 짓지 않았고, 점심 먹은 뒤에 우리에게 책도 읽어주지 않았다.

나는 교실 창문 안을 오래도록 바라보았다. 칠판 옆에는 벙어리 장갑을 낀 남자 아이와 여자 아이가 눈사람을 만들고 있는 달력이 걸려 있었다. 중요한 날에는 표시를 해두었다. 25일에는 반짝반짝 빛나는 큰 별 표시가 되어 있었다.

나는 웃으면서 천천히 교실에서 돌아섰다. 나는 밖이 궁금해져 서 로프를 타고 올라가는 곳까지 가보았다. 그곳에서 신발을 벗고 긴 셔츠 소매 커프스를 풀었다. 소매를 걷어 올린 다음 로프를 타 고 올라가기 시작했다. 꼭대기에 오르자 나는 지지대 위로 두 다리 를 끌어올렸다. 무릎 뒤로 지탱하면서 거꾸로 매달렸다. 자동차 열 쇠, 잔돈, 지갑 등이 모래로 우두둑 떨어졌다. 나는 아무 상관 하 지 않았다.

나는 학교를 살펴보았고, 땅 위의 오렌지색 하늘도 보았다. 그런 다음 내 옛 교실을 바라보았다. 오래도록. 그곳은 하늘이 내려준 곳이었다.

CLASSIC CHRISTMAS STORY

별이 빛나는 밤에

CLASSIC CHRISTMAS

STORY

07

불을 환하게
밝힌 나무

"환호하는 소리 들리나요?

정말로 그 소리를 들었다면

거기에 크리스마스 정신이 존재합니다."

"**별**로 보잘것없이 보인다는 것 나도 알아요." 내 옆에 있는 남자가 마을 전체가 한데 그러모은 오래된 붉은 삼나무를 가리키며 말했다. 존스가 판매 직원 일을 맡은 지난 몇 달 동안 나는 그와 알고 지냈다.

"허리케인 찰리가 모든 것을 다 앗아갔어요. 우리는 크고 좋은 나무를 아주 많이 잃었어요. 이나마 남아 있는 것도 행운이에요. 손님들이 이곳 나무에 불을 밝히기 위해 해마다 어깨를 나란히 하고 기다리고 있어요. 저기 좀 보세요. 낮에도 가지 주위에 꼬마전구가 반짝이고 있잖아요."

내가 나무를 자세히 들여다보자 뜨거운 플로리다 태양이 얼굴에 내리쬐었다. 나는 꼬마전구를 발견하고는 고개를 끄덕였다. 나는 군중 속에서 존스를 찾게 되어 기뻤다. 가스팔리아 섬에서 성장한 그의 성장 스토리는 나를 매료시켰다.

그는 옆에 서 있는 여자와 아이들에게 고개를 끄덕였다.

"우리는 여기서 8대째 살고 있어요. 여기 제 아내 쉘라입니다.

여기 두 애들은 제 손녀들이구요."

쉘라와 나는 미소를 교환했고, 한 아이가 그녀 뒤로 숨어서 나를 살며시 엿보자 나는 "안녕"이라고 말했다.

존스는 싱글싱글 웃었다.

"내 소매를 세게 당기고 있는 아이는 네 살이고, 그 애 동생은 두 살입니다."

그는 아내를 보고 히죽 웃었다.

"쉘라, 저 아이들을 데리고 가서 구유 속에 있는 아기 예수를 좀 보여주지 그래요?"

여자 아이들이 '마구간 장면'을 보려고 할머니와 함께 길을 건너가는 데는 30초 정도밖에 걸리지 않았다.

존스는 나무 밑에 만들어 놓은 '마구간 장면'을 향하여 고개를 끄덕이면서 자신의 역사 이야기를 계속했다.

"조각상은 '여성클럽'에서 기증받았지요. 우리가 전체 마구간 장면을 완성할 때까지 해마다 그곳에서 조각상을 추가로 기증하고 있어요."

존스가 말했다.

우리는 의식이 시작되기를 기다리고 있었고, 존스는 자신이 이 섬에서 성장했으며 어부로 바다 생활을 했다고 설명했다. 그가 군중을 살피고 있는 동안 나도 그를 살폈다. 갑자기 그의 얼굴에 미소가 가득했다.

"이봐요, 저기 좀 봐요!"

그는 나무 북쪽에 모여 있는 작은 그룹을 향하여 손을 흔들었다. 머리색이 검은 남자가 답례로 미소를 지어보였다.

"저 사람은 마크죠. 그의 얼굴에서 미소를 보는 것은 좋은 징조입니다. 허리케인 찰리가 그의 집 지붕을 벗겨갔죠. 수리를 하는 동안 그들은 세 번이나 이사를 해야만 했어요. 그와 그의 어린 아이들을 보면 정말로 마음이 따뜻해집니다."

존스는 오른쪽 왼쪽을 번갈아 둘러보았다.

"사람들 모습을 보면 이제 시작할 시간이 되었다는 것을 알 수 있지요. 이 나무는 아주 오래전부터 우리의 크리스마스트리였어요. 내가 어릴 때는 나무에 점화를 할 때 음악을 연주했지요. 올 메리 버나드는 빨래판 연주를, 루이즈 퍼치는 빨래통 연주를, 팬시 코스트는 동생 빌리 진이 피아노를 연주하는 동안 멜로디카를 불었어요."

그가 웃어보였다.

"마을 회관에서 준 낡은 피아노를 옮기는 것도 꽤 힘들었어요. 모든 사람들이 달라붙었지요. 남자들이 거리로 피아노를 옮기는 동안 여자들은 떼를 지어 이런 저런 것을 지켜보기 위해 소리를 지르며 허둥지둥 인도로 갔어요."

그는 이런 추억이 즐겁다는 듯이 머리를 흔들었다.

"그때는 사람들이 다니는 교회가 어디건 상관하지 않았지요. 피아노를 옮기고, 빨래판으로 캐럴을 부르고, 트리에 점화를 하기 위해 모두 함께 춤을 추었죠."

그는 5번가를 향하면서 가리켰다.

"길을 차단하려고 내려가는 저 경찰을 봐요. 노란 테이프를 쳐 놓으려는 겁니다. 단지 이곳을 금방 보지 못하게 하려고요. 우리가 길을 차단할 거라고 누가 생각하겠어요? 예전에 4번가를 따라 맨 발로 열심히 뛰었던 게 생각나는군요. 주위에 얻어 탈 자동차가 없었거든요. 동생과 나는 보이스카우트였죠. 그해 우리는 소방수가 나무에 꼬마전구를 다는 것을 도왔어요. 그 당시 소방대원들은 모

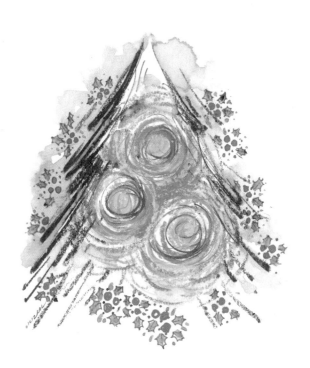

두 자원한 사람들이었어요. 내 아버지도 그들 가운데 한 사람이었지요. 우리 보이스카우트도 모두 도왔어요. 나는 저 가지들 위로 올라갔지요. 요즘 우리에게는 환상적인 소방서가 있어요. 그들이 트럭을 이용해 전구를 달 겁니다."

그는 고개를 슬프게 저었다.

"나무를 올라가는 것은 더 재미있어요. 그때 이후로 자라났거든요. 사실 둘레를 보면 몇 해 동안 이 마을은 무척 많이 변했어요."

그는 큰 손녀를 데리러 내려갔다. 그의 손녀는 군중 사이를 어깨로 밀치며 그의 곁으로 왔다. 그는 손녀를 들어 가볍게 흔들어준 다음 팔뚝에 올려놓아 앞이 훤하게 보이도록 해줬다.

나는 존스와 껄껄 웃으며 내 손자 손녀 얘기를 했다. 그는 다정한 사람이었고, 나는 그를 점점 알아가는 것이 즐거웠다. 비록 나는 흰머리멧새처럼 정처 없이 떠돌아다니는 사람이지만 그는 마치 내가 이 마을 사람인 것처럼 느끼게 해 줬다.

그가 나한테 비스듬히 기울이더니 내 팔을 슬쩍 찔렀다.

"내년에 내 손녀는 '그 어린 주 예수Away in a Manger'를 부르고 있는 저 아이들과 함께 저 위로 올라가게 될 거예요. 저 노래

들려요?"

그 어린 주 예수 눌 자리 없어
그 귀하신 몸이 구유에 있네
저 하늘의 별들 반짝이는데
그 어린 주 예수 꼴 위에 자네
……

"저 사람들을 보면 왜 집에서 나와 여기로 모이는지를 생각하게
됩니다. 북쪽 사람들이 와서 우리에게 이렇게 무더운 날씨에 크리
스마스 정신을 어떻게 느끼는지를 거듭해서 묻는 걸 보면 무척 우
스워요. 그건 온도의 문제가 아니에요."
그는 손바닥을 가슴에 댔다.
"그건 여기 이 안에 있어요."
갈채 소리가 군중 속에서 들려왔다.
그가 큰소리로 외쳤다.
"이봐요! 전구가 켜집니다! 환호하는 소리 들리나요? 정말로 그

소리를 들었다면 거기에 크리스마스 정신이 존재합니다."

군중이 트리를 보기 위해 앞으로 나오자 그는 자신의 어깨를 바라본 다음 마지막으로 한 마디 더 했다.

"메리 크리스마스! 여러분이 내년에 다시 온다면 내 손녀딸의 노래를 들을 수 있을 겁니다!"

나도 붉은 삼나무 둘레에서 크리스마스 정신을 찾았다. 그 이후 내 마음은 종종 존스와 그 가족에게로 정처 없이 떠나서 가스팔리아 섬의 환하게 불을 밝힌 그 나무를 보고 있다. 나는 삶에서 크리스마스 정신을 만나기 위해 눈이나 선물꾸러미는 필요 없다는 것도 깨달았다. 존스처럼 내 가족의 전통이 내 마음의 정신에 스며들었다.

CLASSIC CHRISTMAS

STORY

08

Classic Christmas 여 덟 번 째 이 야 기

소박한
크리스마스

"별로 대단치 않지만 내 마음이라고 생각하렴."

서부 버지니아 라이넬은 작은 마을이었고, 크리스마스 장식품들은 대부분 자연이었다. 눈 덮인 하얀 벌판, 신선한 떨기나무〔灌木〕에서 딴 빨간 열매들, 푸른 전나무들, 시골마을 여기저기에 흩어져 있는 집 굴뚝에서 소용돌이치며 내뿜는 연기구름.

라이넬은 크기는 작지만 나에게는 중요한 매력이 있는 곳이다. 바로 할아버지 때문이다. 엄마의 고향인 이곳은 사람들보다는 농장 동물들에게 더욱 알맞은 안식처였다. 작고 사랑이 가득한 집은 겨울 내내 차가 통행할 수 없는 불평을 참아내게 했다. 그때 나는 크리스마스의 특별한 의미를 배웠다.

단순하고 소박하게 나무로 만든 할아버지 집은 따뜻했고, 집 가운데 단 하나 밖에 없는 전구에서 뿜어져 나오는 빛은 강력했다. 그 불빛은 나를 환영하는 듯했다.

할아버지는 아주 보수적인 세대이고 겉치레보다 쓸모를 더 중요하게 여겼기 때문에 크리스마스에도 집을 꾸미지 않았다. 해마다 크리스마스 때가 되면 할아버지는 일곱 명의 자식들, 친구들, 고모

할머니들, 삼촌, 멀리 떨어져 사는 사촌들에게 카드를 받았다. 이 카드 하나하나에는 다 소중한 가치가 들어 있었다. 그것은 보낸 사람이 나처럼 자신의 인생에서 이곳을 중요한 장소로 마음속에 두고 있기 때문이다.

크리스마스가 지나고 우리가 떠날 채비를 하자 할아버지는 침실로 가서 내 부모님에게 줄 따뜻한 담요가 담긴 자루를 갖고 왔다. 해마다 이것은 똑같이 벌어지는 모습이다. 그런 다음 할아버지는 식료품 저장실로 가서 서랍을 열고 형과 나에게 줄 커다란 박하 캔디 캐인을 두 개 꺼내 왔다. 이것도 전통이었다. 해마다 할아버지는 같은 말씀을 하셨다.

"이게 대단한 건 아니지만 너희를 생각하는 내 마음이라고 생각하렴."

세월이 흐르면서 그토록 컸던 박하 캔디 캐인은 그 크기가 점점 줄어들었다. 사탕의 크기와는 상관없이 할아버지의 메시지는 변하지 않았다. 이런 일은 1993년까지 해마다 계속되었다.

할아버지 없이 첫 크리스마스를 보냈을 때 나는 서부 버지니아

라이넬 마을에서 보낸 소박한 크리스마스가 아주 오랫동안 내 마음속에 깊이 새겨진 것을 깨달았다. 나무로 만든 낡은 집, 차가 통행조차 할 수 없는 길, 완벽한 크리스마스 선물인 박하 캔디 캐인 등이 그리웠다.

언젠가 나는 구세주와 박하 캔디 캐인 간의 관계에 대해서 들었다. 사탕의 빨간 줄은 갈보리Calvary에서의 예수의 피를 상징하고, 흰색 줄은 우리가 살아갈 새로운 삶을 나타낸다고 한다. 지금에 와서 생각해보면 나는 할아버지의 말씀이 늘 깊은 메시지로 울려 퍼져 내 마음에 새겨졌다는 것을 알았다.

"별로 대단치 않지만 내 마음이라고 생각하렴."

CLASSIC CHRISTMAS

STORY

09

Classic Christmas 아 홉 번 째 이 야 기

가장 멋진
크리스마스카드

"이건 내가 받아본 크리스마스카드 가운데 가장 멋진 거야.

내게 이만큼 사랑을 담은

카드를 보내준 사람은 네가 처음이야."

내가 여덟 살 나던 해 크리스마스에 우리 집은 이사를 하게 되었다. 우리가 로스엔젤레스를 떠나 북부 캘리포니아의 작은 마을 몬테 리오에 있는 카르멘 고모 집으로 향할 때 불길한 징조는 사나운 비바람이 부는 12월 아침 곳곳에서 나타났다. 마치 천둥비〔雷雨〕가 경고를 충분히 하지 않았다는 듯이 스테이션 왜건은 우리가 오렌지 카운티에 작별 인사도 하기 전에 과열되었다.

하지만 엄마 아빠는 전혀 신경쓰지 않았다.

"선택의 여지가 없구나. 아빠가 전근을 가게 됐으니 말이야. 그러니 우리도 그쪽으로 가야만 한단다."

게다가 엄마는 내가 고모를 좋아하게 될 것이라고 장담했다.

아빠가 거실에 고모 사진을 걸어 놓았지만 나는 한번도 고모를 만나본 적이 없었다. 사진 속의 근엄한 얼굴을 한 여자는 오른 팔을 아빠 허리에 감은 채로 아빠와 어깨를 나란히 하고 서 있었다.

아직 확신이 서지 않은 나는 다음날 우리가 카르멘 고모 집에 도착할 때까지 좌절감에 젖어 있었다. 우리가 탄 차가 고모 집 근처의 가파르고 진흙투성이인 길을 올라가기 시작하자 더욱 마음이 불안해졌다. 크고 검은 고모의 집은 영화에 나오는 유령의 집 같았다. 구불구불한 넝쿨이 창문들을 뒤덮었고, 대문은 삐걱거리며 왔다 갔다 흔들렸다.

'여기가 내가 살 집이란 말인가?'

나는 그 순간, 정문에서 프랑켄슈타인 역을 한 보리스 카를로프가 나올 것으로 기대했다. 아, 내 기대는 결코 어긋나지 않았다!

집 안에서 걸어나오는 모습을 본 여덟 살짜리 눈에 고모는 2미터도 넘는 거인 같았다. 고모는 마치 막대기처럼 앙상한 두 팔로 팔짱을 꼈다. 목부터 무릎까지 검은색 옷으로 치장한 고모는 매부리코에 나를 온통 꿰뚫고 있는 것처럼 보이는 부리부리한 눈을 가졌다.

"아, 애가 그 애로구나."

고모는 생기 없는 얇은 입술로 말했다.

카르멘 고모의 집으로 들어가면서 나는 고모가 뱀파이어가 아닌가 하는 의심을 했다. 집안은 모두 응달이었고, 방은 모두 어둠이 감싸고 있었다. 더욱 나쁜 것이 이모 집은 크리스마스 분위기라고는 도저히 찾아볼 수 없었다. 크리스마스가 2주밖에 남지 않았는데도 말이다.

다음날 엄마 아빠가 우리가 살 방을 살피는 동안 나는 고모와 함께 있어야 했다. 고모는 하루 내내 요리에 청소에 바쁘게 움직였다.

"텔레비전은 안 돼. 책을 읽는 습관을 들여야 해."

카르멘 고모가 말한 뒤 돌아서자 나는 텔레비전 대신에 크리스마스카드를 만들기로 마음먹었다. 종이를 반으로 접은 나는 남은 하루 내내 순록이 끄는 썰매를 탄 산타 그림을 그렸다.

다음날 아침 카르멘 고모가 병원 예약에 맞추어 집에서 나가자 나는 살 것만 같았다. 엄마가 빨래를 하는 동안 나는 놀 거리를 생각해냈다. 교황을 만나러 바티칸으로 순례를 떠나는 게임을 했다. 몇 가지 도구가 필요했다. 부엌 서랍에서 성가족Holy family, 아기 예수·성모마리아·성요셉을 나타낸 그림이나 조각상을 꺼내서 마리아, 요셉, 아기 예수를 조심스럽게 빨간색 작은 웨건에 놓았다. 나는 교황에게 우리 식구를 본디 집으로 돌아가게 해서 그곳에서 크리스마스를 보내게 해 달라고 하느님께 부탁해 주십사고 간절히 청할 생각이었

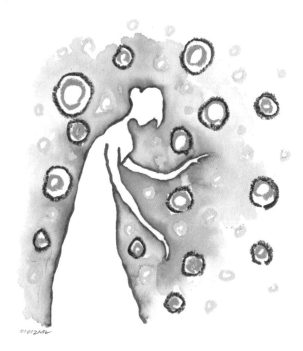

다. 그때 조각상들이 내게 힘을 실어줄 것이라고 생각했다.

의식은 간단히 고모의 저장 창고에서 치렀다. 나는 성모송Hail Mary을 몇 번 읊조린 뒤 주기도문Lord Prayer을 외우기 시작했다.

그런 다음 간절히 기도했다.

"제발, 제 소원을 들어주세요!"

의식이 끝난 뒤, 나는 떠날 채비를 했다. 그때, 사건이 일어났다. 웨건 바퀴를 너무 세게 돌린 나머지 웨건이 흔들리는 바람에 성가족이 바닥으로 굴러 떨어진 것이다! 다행히도 조각상이 잡지더미 위에 떨어져서 조각조각 깨지지는 않았다. 서둘러 조각상들을 다시 웨건에 올려놓았다. 그런데 이걸 어찌한단 말인가, 아기 예수의 코가 사라져버렸다! 부러져서 바닥에 떨어진 것이 분명했다. 웨건 둘레의 바닥을 샅샅이 살펴보았지만 떨어진 코를 찾을 수 없었다.

잔뜩 두려운 마음에 휩싸인 나는 서둘러 조각상이 있던 곳으로 돌려놓았다. 아기 예수가 상처났다는 것을 아무도 눈치채지 못하기를, 특히 끔찍하기 이를데없는 고모가 모르기를 간절히 바랐다.

괴로운 상태에서 며칠이 지났다. 어느 오후 두려운 상황이 마침내 현실이 되었다.

"너, 내게 할 말 있지?"

고모가 앙상한 손가락으로 나를 가리키면서 말했다.

심장이 '쿵' 하고 내려앉았다. 고모가 그 조각상을 본 것이 틀림없었다.

고모는 앞치마 주머니에서 종이 한 장을 꺼내 내밀었다.

"이것!"

나는 문제의 종이를 내려다보았다. 그것은 내가 만든 크리스마스카드였다. 그것을 부엌 탁자 위에 올려놓은 것을 까맣게 잊고 있었다니!

"읽어봐."

고모가 말했다.

목을 가다듬으며 나는 순순히 말을 들었다.

"고맙습니다, 카르멘 고모. 우리에게 새 집을 주셔서요. 크리스마스에 고모가 바라는 소원이 이루어지길 빕니다. 사랑하는 알베르토."

내가 거의 마지막 줄을 끝마칠 무렵 고모가 두 팔로 나를 꽉 껴안았다.

"귀여운 것 같으니! 난 네가 자랑스럽구나."

난 내 귀가 의심스러웠다. 그때 나를 더욱 깜짝 놀라게 한 것은, 고모가 내 이마에 키스를 한 것이다! 고모의 두 눈에서 눈물이 흐르는 것을 분명히 보았다.

"이건 내가 받아본 크리스마스카드 가운데 가장 멋진 거야. 내게 이만큼 사랑을 담은 카드를 보내준 사람은 네가 처음이야."

저장 창고에서 올린 의식이 효력을 나타낸 것이 틀림없다! 하느님이 내게 기적을 내렸다. 내가 기대한 기적은 아니었지만 그래도 기적은 기적이었다. 곧바로 나이든 고모를 향한 내 감정도 바뀌었다. 고모는 다시는 끔찍하게 뚫어져라 노려보는 눈빛으로 나를 바라보지 않았다.

몇 년이 지나는 내내 나는 성가족상과 카르멘 고모의 딱딱한 겉모습에 대해서 자주 생각했다.

"고모는 결혼하지 않았어. 고모의 약혼자가 결혼식 한 달 전에 사고가 나서, 그만 죽고 말았지. 내 생각에 고모는 너무 슬퍼서 그 속에서 빠져나오지 못한 것 같아."

아빠가 고모의 장례식이 끝난 뒤에 내게 말해 주었다.

나는 그 이후 성가족상을 보지 못했다. 들리는 말에 따르면 카르멘 고모가 돌아가시기 몇 달 전 양로원으로 들어갈 무렵에 팔려나갔다고 했다. 나는 그것을 소유하는 사람이 누구든지 그 사람도 나처럼 그것을 소중히 해 주기를 바랐다. 또 언젠가는 아기 예수의 코를 수리해 주기를 바랐다.

CLASSIC CHRISTMAS

STORY

10

Classic Christmas 열 번째 이야기

별이
빛나는 밤에

고요한 밤 거룩한 밤 어둠에 묻힌 밤

주의 부모 앉아서 감사 기도 드릴 때

아기 잘도 잔다 아기 잘도 잔다

......

"**빨**리 와, 밥스 언니. 가야할 시간이야."
나는 언니에게 소리쳤다.

나는 녹색 모자를 귀 밑까지 눌러쓰고 벙어리장갑을 꼈다. 오늘 밤은 밥스 언니와 내게 특별한 날이다. 우리는 이웃을 위해 크리스 마스캐럴을 부를 예정이다.

나는 코트의 단추를 잠그고 달력을 보려고 방을 가로질러 갔다.

"어머! 엄마, 12월 23일이에요. 이제 크리스마스가 이틀 밖에 안 남았어요!"

엄마는 웃으면서 목에 양털 목도리를 둘러주셨다.

"코지, 밥스 옆에 꼭 붙어 있어야 해. 노래 잘하고. 아빠와 함께 따뜻한 초콜릿하고 쿠키 만들어 놓고 기다리고 있을 테니까."

바로 그때 밥스 언니가 빨간 모자와 장갑을 끼면서 부엌을 통과 해 뒷문으로 향했다. 나는 언니를 따라 헤아릴 수 없이 많은 별들이 반짝이는 밤의 세계로 나갔다.

밥스 언니는 나를 돌아보았다.

"내가 가르쳐 준 노래 네 곡 다 기억하지?"

"그럼."

나는 자신있게 대답했다.

우리는 맨 먼저 머덕 씨 집 앞에 멈추었다. 창문 너머로 반짝반짝 빛나는 불빛과 어여쁜 장식품으로 꾸민 크리스마스트리가 보였다.

언니는 모자를 똑바로 하면서 속삭였다.

"'고요한 밤'이 우리가 부를 첫 노래야."

고요한 밤 거룩한 밤 어둠에 묻힌 밤

주의 부모 앉아서 감사 기도 드릴 때

아기 잘도 잔다 아기 잘도 잔다

우리가 노래를 부르자마자 머덕 아줌마가 문을 열었다. 나는 실수 한번 하지 않고 노래를 잘 불렀다.

"아주 잘했구나."

머덕 아줌마가 앞치마 밑을 만지작거리면서 말했다.

"상으로 사과를 주어야겠구나. 엄마 아빠한테 가서 메리 크리스마스라고 전해다오."

아줌마는 우리에게 사과를 하나씩 나누어 주었다.

나는 아줌마에게 고맙다고 인사하면서 사과를 주머니에 넣고,
밥스 언니를 따라 다음 집으로 갔다. 미스 하몬드 선생님 집으로
걸어갈 때 자갈이 발에 밟혔다.

"나는 하몬드 선생님 반이 된 게 기뻐. 다음 노래가 뭐지?"

나는 밥스 언니 옆으로 다가가면서 생각하는 듯이 물었다.

"'천사 찬송하기를 거룩하신 구주께Hark The Herald Angels
Sing'야."

천사 찬송하기를 거룩하신 구주께

영광 돌려 보내세 구주 오늘 나셨네

크고 작은 나라들 기뻐 화답하여라

영광 받을 왕의 왕 베들레헴에 나신 주

하몬드 선생님은 현관 앞에 서서 우리가 노래 부르는 모습을 지
켜보았다. 나는 노래를 거의 다 웅엉거렸다.

"날 위해 노래를 해 주어 고맙구나."

하몬드 선생님은 끝에 빨갛게 작은 매듭이 달린 노란 연필을 두 자루 주셨다. 그리고 언니가 선물을 받을 때 말씀하셨다.

"밥스. 넌 노래를 참 잘하는구나."

뉴먼 씨 집으로 향하면서 나는 아이디어를 하나 냈다.

"우리 '징글벨' 부르자. 나 그 노래 다 알아."

나는 흥분해서 말했다.

언니는 멈추어 서서 나를 놀란 눈으로 바라보았다.

"안 돼! 우리는 진짜배기 크리스마스 노래만 부를 거야. 넌 크리스마스가 뭘 뜻하는지 모르니?"

"알아. 산타클로스하고 선물."

언니는 한숨을 내쉬었다.

"코지, 틀렸어. 저 별들을 봐. 저 별들이 얼마나 밝은지 아니? 아주 옛날에 밝게 빛나는 별 하나가 온 세상을 비추었어. 그 별은 예수님의 탄생을 알렸어."

언니는 나에게 가까이 다가왔다.

"주일학교 선생님한테 이 얘기 들었니?"

"응."

나는 중얼거렸다.

언니는 마치 아무 소리도 듣지 못한 것처럼 계속해서 말했다.

"그 별은 예수님에게 지혜로운 사람 세 명을 보냈어."

언니는 뉴먼 씨 계단을 서둘러 오르면서 말했다.

"이번 노래는 '기쁘다 구주 오셨네 Joy To The World'야."

언니가 속삭였다.

나는 기뻐서 고개를 끄덕였다. 난 그 노래는 다 알았다.

기쁘다 구주 오셨네 만백성 맞으라

온 교회여 다 일어나 다 찬양하여라

다 찬양하여라 다 찬양 찬양하여라

구세주 탄생했으니 다 찬양하여라

이 세상의 만물들아 다 화답하여라

다 화답하여라 다 화답 화답하여라

은혜와 진리 되신 주 다 주관하시니

만국 백성 구주 앞에 다 경배하여라

다 경배하여라 다 경배 경배하여라

"오, 애들아. 정말 잘 부르는구나."

우리가 노래를 끝마치자 뉴먼 아줌마가 말했다.

아줌마는 우리에게 캔디 캐인을 주었다.

"1학년이지? 학교생활은 잘하고 있니, 코지?"

"좋아요."

"밥스, 넌 몇 학년이지? 4학년인가?"

"맞아요, 아줌마."

뉴먼 아줌마는 엉덩이에 두 손을 얹은 채 서 있었다.

"애들아! 크리스마스가 지나면 또 놀러 오너라. 이번에 선물이 아주 많이 들어올 거야. 그러면 옛날 물건들을 정리할 생각이야. 너희가 가질 만한 향수 샘플이나 립스틱이 꽤 될 거다."

"고맙습니다."

우리는 대답했다.

깔깔 웃으면서 우리는 계단을 뛰어 내려왔다.

"'투 어 와일드 로즈' 향수 샘플이 있었으면 좋겠어. 그 향이 정말 좋아. 병도 되게 귀엽고."

내가 말했다.

밥스 언니는 머리를 흔들더니 내 손을 잡았다.

"집에 가면 엄마와 아빠를 위해서 네가 '징글벨'을 노래해."

"나 혼자?"

밥스 언니는 고개를 끄덕였다. 언니는 레스터 씨 집으로 향하면서 계속해서 크리스마스의 참뜻에 대해서 설명했다.

"지혜로운 남자 세 명은 아기 예수를 위해서 금과 유향 그리고 몰약을 가지고 왔어."

"유향과 몰약이 뭐야?"

"향이 나는 초와 달콤한 향수와 같은 거야. 하지만 유향과 몰약은 좀 비싸."

나는 값이 비싼 초나 향수를 생각하려고 애썼다. 하지만 생각나는 것이라고는 생일 초와 '투 어 와일드 로즈' 향수뿐이었다.

레스터 씨 집에서는 "그 맑고 환한 밤중에 It's Came Upon a

Midnight Clear"를 불렀다.

그 맑고 환한 밤중에 뭇 천사 내려와
그 손에 비파 들고서 다 찬송하기를
평강의 왕이 오시니 다 평안하여라
그 소란하던 세상이 다 고요하도다

"자, 받아라. 각자 5센트씩이야."
"고맙습니다."
우리는 서둘러 계단을 내려오면서 한입으로 크게 말했다.
집으로 돌아오면서 언니의 목소리가 진지해졌다.
"한 가지 이해가 안 되는 게 있어. 크리스마스는 예수님의 생일
이고, 지혜로운 세 사람은 그 분에게 선물을 주었어."
언니는 인상을 찌푸리면서 나를 돌아보았다.
"맞지?"
"맞아."
눈이 우리 둘레에 서서히 내리기 시작했다. 우리의 발걸음과 언

니의 목소리, 그리고 우리의 숨소리만이 이 세상에 유일하게 존재하는 것 같았다.

"우리가 잘못 생각한 것 같아, 코지. 우리가 선물 받는 것도 좋지만 우리도 불쌍한 사람들에게 선물을 주는 것은 어떨까?"

나는 잠시 생각에 잠겼다. 언니 말이 옳았다. 나는 입술을 오므리며 고개를 끄덕였다.

"우리가 받은 5센트를 헌금접시에 넣자."

내가 제안했다.

언니는 미소를 지으며 내 손을 꽉 잡았다. 우리는 함께 부드러운 노란 불빛이 비치는 집으로 향했다. 집 안으로 들어서자 엄마는 우리가 코트와 모자를 벗는 것을 도와주셨다. 엄마는 자랑스럽게 미소지었다.

"사람들이 너희 노래를 마음에 들어 했니?"

"그럼요. 모두 우리에게 선물을 주었어요."

밥스 언니가 말했다.

"저는 이웃이 좋아요. 다 한 식구 같아요."

내가 덧붙였다.

쿠키와 따뜻한 초콜릿 향이 집안에 가득 풍기자 아빠도 대화에 끼어들었다.

"자, 이제 우리를 위해서 노래를 불러줄래."

주저할 것도 없이 언니와 나는 거실 가운데로 걸어가서 크리스마스트리 앞에 섰다. 엄마와 아빠 얼굴을 보자 나는 방 안이 사랑으로 가득하다는 것을 느꼈다. 마치 내 마음속 밝은 태양 아래에서 꽃이 함박 피어나는 것 같은 느낌이었다.

밥스 언니가 무슨 말을 하기 전에 나는 크고 똑똑한 목소리로 말했다.

"우리는 엄마와 아빠를 위해 크리스마스의 참뜻에 대한 노래를 할 거예요. 산타클로스나 징글벨, 선물 얘기가 아니에요."

나는 언니를 흘끗 보았다. 언니는 부드럽게 내 손을 잡았다. 언니의 얼굴에는 내가 느낀 감정이 그대로 나타났다. 내가 "그 어린 주 예수Away in a Manger"의 첫 구절을 부르자 언니도 따라 불렀다.

그 어린 주 예수 눌 자리 없어

그 귀하신 몸이 구유에 있네

......

나는 내 인생에서 그 순간만큼 상징적으로 완벽한 경험이 또 있었는지 확신이 서지 않는다.

CLASSIC CHRISTMAS

STORY

11

동전
종이봉투

'왜 금고에서 돈을 훔치는 거지?'

'도대체 왜 저렇게 이상하게 옷을 입었을까?'

엘 라는 지루했다.

올해는 잘 다듬은 늘푸른나무〔常綠樹〕에서 밝게 빛나고 있는 촛불, 썰매의 방울, 그리고 눈 덮인 언덕 위에서 썰매를 타는 아이들의 웃음소리조차도 엘라가 평소에 기대한 크리스마스를 느끼게 해 주지 못했다.

위스콘신 주 작은 비타운 마을의 크리스마스이브였다. 그녀의 쌍둥이 남매 버즈는 거친 친구들과 함께 달빛에서 썰매를 타고 있었다. 엄마는 부엌의 전화 배전반을 정리하고 있었다. 지금 당장 엘라는 아빠가 어디에 있는지, 무엇을 하고 있는지는 알 수 없었다. 좀 전까지 엘라는 아래층 작은 상점에서 장사하는 아빠를 도왔다. 마지막 손님이 가게를 떠나자 아빠는 가게 문을 잠그고 엘라를 위층으로 올려보냈다. 지금 엘라는 거실 창문으로 눈 덮인 마을을 응시하며 아빠가 얼른 와서 자신을 평소처럼 힘차게 포옹해 주고 자신의 우울한 감정을 해소시켜 주기를 바라고 있었다.

엘라는 크리스마스트리 아래에 포장된 선물들을 바라보며 한숨지었다. 몇 주 전에 엘라는 가게에서 아빠가 크리스마스 상품들을 풀어서 선반 위에 가지런히 정리하는 것을 도왔다. 엘라는 선물을 바라보며 어느 것이 자기 것인지 잠재성이 있는 선물은 모두 만져 보았다. 엘라는 이번만큼은 실망스럽지 않을 멋진 선물을 받고 싶었다. 아빠에게 선물에 대한 생각을 얘기했을 때 아빠는 입에 미소를 머금고 두 눈을 반짝이며 그저 엘라를 바라보기만 했다. 속앓이를 하고 있는 자기를 보고 즐거워한 아빠를 생각하니 미칠 것만 같아서 그녀는 발을 동동 굴렀고, 소파에서 발버둥쳤다. 그러자 그녀의 길게 땋아 내린 검은 머리가 성을 내며 춤을 췄다.

뿌루퉁해서 앉아 있는데 아래층 가게에서 소리가 들려왔다. 엘라는 조심스럽게 계단으로 살금살금 내려가서 가게 문을 조금 열어보았다. 어둠 속에서 누군가가 금고 앞에 서 있는 것이 보였다. 짤랑거리는 동전 소리가 조용한 가게에 부드럽게 울려퍼졌다. 크고 어두운 형체가 자신을 향해서 돌아서자 당황하여 입이 크게 벌어졌다. 아빠였다!

'왜 아빠가 금고에서 돈을 훔치는 거지?'

도대체 왜 아빠는 저렇게 이상하게 옷을 입었을까? 놀라움과 두려움이 그녀의 토실토실한 뺨을 붉게 만들었다.

아빠는 마치 뭔가를 고민하는 것처럼 잠시 행동을 멈추더니 그녀를 향해 오라는 손짓을 했다. 내가 다가가자 아무 말도 없이 아빠는 그녀에게 작은 갈색 종이봉투를 한줌 주었다. 그러더니 아빠는 종이봉투에 저마다 동전 한줌씩을 넣으라고 본보기를 보여주었다. 그리고는 하얀 털이 잘 다듬어진 빨간색 벨벳 윗도리를 입고 수염이 달린 빨간 벨벳 모자를 썼다. 엘라는 아빠가 산타클로스처럼 보이자 탄성이 나왔다. 아빠는 윙크하더니 그녀에게 얼른 뛰어가서 따뜻한 모자, 코트, 머프를 입고 오라고 했다. 윙크를 하고 엘라는 얼른 뛰어가서 옷을 입고 돌아왔다. 엘라가 숨을 돌릴 겨를도 없이 아빠는 엘라에게 칠면조 요리로 가득 찬 상자들이 실린 썰매에 타라고 했다. 아빠는 동전 종이봉투가 가득 담긴 상자도 썰매에 실었다.

그들의 썰매를 끄는 말은 갈기를 휘날리며 눈 위를 빠르게 달렸다. 그들이 눈으로 뒤덮인 사거리를 미끄러지듯이 지나 시골길로 접어 든 것을 본 사람은 아무도 없었다. 엘라는 말문이 막혔다. 모든 것이 마치 마법 같았다.

초라한 작은 오두막집에 도착하자 엘라는 어린 아이들의 웃음소리와 울음소리를 들었다. 아빠는 입술에 손가락을 갖다 대면서 엘라에게 동전이 든 종이봉투 하나를 들고 가라고 했다. 아빠는 칠면조가 든 상자를 하나 들어올렸다. 그들은 옆걸음질 쳐서 기울어진 문 앞으로 갔다. 아빠는 문 가까이에 상자를 내려놓고 엘라에게 돈 봉투를 받아 들더니 썰매로 뛰어가라는 몸짓을 했다. 아빠는 천천히 조용하게 문을 열더니 되도록 멀리 동전 봉지를 안으로 던졌다. 그런 다음 썰매까지 빨리 뛰어와서 말에게 빨리 달리라고 채찍질 했다. 그들은 달아나면서 뒤에서 동전 봉투를 받아 든 아이들의 즐거운 비명소리를 들었다. 아빠는 그 소리에 환하게 웃었고, 엘라는 뭔가 마법에 걸린 듯한 감정이 일었다.

몇 시간 동안 그들은 이집 저집 바삐 다녔다.

썰매가 텅 비자 그들은 다시 가게로 향했다. 아빠는 성큼성큼 가게 안으로 들어가서 모든 등이란 등은 다 켠 다음 가게 문을 열었다. 벌써 몇몇 아이들이 얇은 코트를 입고 추위에 떨면서 문 밖에서 기다리고 있었다. 아이들은 저마다 작은 동전봉투를 하나씩 들고 있었다.

또 아빠가 장난감과 사탕 값을 모두 낮추었다는 사실을 눈치채자 엘라는 강한 충격을 받았다. 엘라는 아이들을 바라보았다. 엘라는 아이들이 동전을 사용하면서 내는 이렇게 시끌벅적하게 멋진 소동은 처음 보았다. 이런 행복을 본 적도 없었다. 그녀의 가슴은 기쁨과 자긍심으로 가득 차 올랐다. 엘라는 차례로 아이들을 하나씩 바라보았고, 그 다음에는 아빠의 환한 얼굴을 뚫어지게 쳐다보았다. 그해 크리스마스에 아빠는 엘라에게 가장 멋진 선물을 선사했다. 아빠는 엘라에게 선물을 주는 즐거움을 함께 하게 했다.

CLASSIC CHRISTMAS

STORY

———

12

Classic Christmas 열 두 번 째 이 야 기

함께 나눈
추억들

추억을 함께 나눈다는 것은 최고의 크리스마스 선물이다

나는 이야기를 좋아한다. 특히 마음을 따뜻하고 아늑하게 해 주는 추억들과 관련된 이야기를 좋아한다. 내가 좋아하는 이 야기 가운데 하나는 아버지가 열세 살이었을 때인 1945년 크리스 마스이브 이야기다.

아버지의 가족은 1940년에 펜실베이니아 모리스데일에서 오세 올라 밀스로 이사했다. 할아버지가 그곳에서 광부로 일하게 되었 기 때문이다. 오세올라 밀스는 작은 마을이어서 그곳 사람들은 서 로에 대해 잘 알고 지냈다. 아버지 가족은 새로 이사한 곳이 마음 에 들었다.

아버지가 마을 사람과 이웃이 된 날은 눈이 휘날리는 몹시 추운 날이었다. 하지만 날씨는 아버지의 기분을 꺾지 못했다. 아버지는 새로운 환경에 흥분했다. 특히 넓게 펼쳐진 들판과 연못은 완벽했 다. 아버지는 누나인 케이트 고모를 바라보며 웃었다.

"저 연못이 얼면 이번 겨울에는 무척 재미있겠어, 그치?"

고모는 인상을 찌푸렸다.

"무슨 소리를 하는 거니? 넌 스케이트도 없잖아."

맞는 말이었다. 아버지는 스케이트를 타는 방법도 몰랐다. 당시 아버지 가족은 가난하게 살았다. 식량과 같은 생필품과 다달이 지출하는 돈을 넉넉히 마련하기란 여간 고달픈 일이 아니었다. 아버지는 9형제 가운데 중간이었고, 스케이트가 생길 기회는 거의 없었다. 하지만 끈질긴 인내심을 발휘하여 아버지는 꿈을 포기하지 않았다.

마을로 이사 온 뒤 곧 아버지와 아버지의 형인 큰아버지 빌은 지역 신문을 배달했다. 이것은 가족의 생계에 도움이 되었다.

크리스마스가 겨우 3주 남았다. 선물을 사기 위해서는 여분의 수입이 필요했다. 할아버지는 광산에서 할 수 있는 잔업은 다 했다. 할아버지는 동이 트기 전에 나가서 늦은 밤이 되어서야 검은 석탄 먼지를 뒤집어쓴 채 피곤한 기색으로 돌아오곤 했다.

집 안에 더러운 먼지를 들이지 않기 위해서 밤마다 할머니는 할아버지가 들어오는 기미만 보이면 부엌에서 큰 소리로 말했다.

"안으로 들어오기 전에 계단에서 옷 좀 털고 들어와요!"

석탄 광산 일은 지저분했다. 할머니가 소리칠 때면 동시에 여기저기서 같은 말을 외치는 다른 여자들의 목소리가 들려왔다. 골목길을 따라 늘어선 모든 집에서 그 목소리를 들을 수 있었고, 광산에서 힘들게 일하고 집으로 돌아오는 남자들은 모두 이 골목길을 지나갔다. 어느 집이나 다 힘든 시절이었지만 가족을 더욱 강하게 뭉치게 하기도 했다.

할아버지는 작은 트럭을 갖고 있긴 했지만 가족을 위해서 중고 고물 자동차를 무리해서 사들였다. 이 자동차는 딱 한 번에 시동이 걸리는 적이 거의 없었다. 할아버지는 자주 할머니와 함께 토요일 아침이면 이웃들을 태우고 마을로 가서 일주일치 장을 봐왔다. 자동차 엔진 소리는 폭발소리만큼 컸다. 게다가 할아버지는 번호판을 살 여유가 없었다. 어쩔 수 없이 트럭 번호판을 떼어 나가는 차에 번갈아 붙여서 다녔다.

할아버지는 크리스마스 보너스를 조금 받았다. 그래서 크리스마스이브에 할아버지는 가족을 위한 선물을 사러 마을로 나갈 계획이었다. 나갈 준비를 하느라고 자동차에 번호판을 붙이고 있을 때 경찰을 만나는 바람에 문제가 생겼다. 아버지는 큰아버지와 함께 신문 배달을 막 마치고 집으로 돌아오는 길에 할아버지가 경찰차를 타고 끌려가는 모습을 보고 충격을 받았다. 그들은 목청껏 소리를 지르며 집으로 달려왔다.

할머니는 왜 그리 호들갑인지를 알아보려고 계단을 내려왔다. 할머니가 나타나자 아버지와 큰아버지는 큰 소리로 외쳤다.

"경찰이 아빠를 끌고 갔어요!"

당황하여 두 손을 쥐어짜던 할머니는 이웃에게 경찰서까지 데려다 달라고 청했다. 이웃의 도움으로 잠시 뒤에 경찰서에 도착한 할머니는 할아버지를 풀어달라고 간절히 청했다. 하지만 할머니가 뭐라고 말을 하든 경찰은 안 된다고 했다.

할머니는 가슴이 무너져 내렸다. 다른 번호판을 살 여유가 없었기 때문이다. 할아버지는 철장 안에서 크리스마스를 보내야 할 듯했다. 바로 그때 경찰서 직원인 크레인 부인이 할아버지를 알아보았다.

그녀는 경찰을 바라보았다.

"무슨 일인가요? 이 사람을 감옥에 가둘 수 없어요. 이 사람은 돌봐야 할 아내와 아이가 아홉이나 있다구요!"

그녀의 일격은 이 사건에 한 줄기 빛을 안겨주었고, 경찰관은 마

음이 좀 누그러졌다. 할머니의 두 눈에 안도의 빛이 감돌았다.

다음날 아침 아이들이 크리스마스 선물을 열어보는 모습을 지켜보면서 할아버지는 그들의 얼굴에 나타난 미소가 양말 속에서 발견한 선물 때문이 아니라는 것을 알고 있었다. 가족은 모두 함께 짜릿한 전율을 맛보았다.

크리스마스 아침, 아버지와 아버지 형제들이 산타에게서 받은 선물을 즐기고 있을 때 문을 두드리는 소리가 들렸다. 할머니가 문을 열자 할아버지를 체포한 경찰이 서 있는 것을 보고 소스라치게 놀랐다. 그는 미소지으며 자동차 번호판을 사는 데 드는 비용을 내밀었다.

"미안합니다. 난 당신이 부양해야 할 아이가 그렇게 많은 줄 몰랐습니다. 도와주고 싶어서요. 메리 크리스마스!"

그가 부끄러운 듯이 말했다.

몇 분 뒤에 크레인 부인이 방문하자 아버지 가족은 또 한 번 놀랐다.

"이 음식을 크리스마스 저녁으로 드세요. 그리고 필요한 것이 있으면 언제든지 말씀하세요."

크레인 부인은 할머니에게 큰 꾸러미를 내밀면서 말했다.

두 사람의 친절과 관용 때문에 아버지는 눈물을 흘렸다. 아버지는 그렇게 오랫동안 소원하던 스케이트는 받지 못했지만 아무렇지도 않았다.

"그건 내가 크리스마스에 받은 최고의 선물이었어. 결코 잊을 수 없을 거야. 영원히 내 마음 속에 남아 있을 거야."

아버지가 말씀하셨다.

나는 크리스마스를 보내려 집으로 돌아가기 위해 해마다 수천 마일을 여행한다. 아버지의 말씀은 정확히 내 생각과 똑같다. 추억을 함께 나눈다는 것은 최고의 크리스마스 선물이다.

CLASSIC CHRISTMAS STORY

오랫동안 거기에 그렇게

CLASSIC CHRISTMAS

STORY

13

백만장자를 위한
캐럴

우리의 목소리가 밤 허공을 가득 메워서
오드득 오드득하는 눈 발자국 소리와 나뭇가지가 무시무시하게
서로 스치는 소리 따위는 들리지 않았다.
아름다운 노래가 어두운 골목길로 크고 맑게 퍼져나갔다.

우리 다섯 명이 눈 덮인 길을 따라 내려가자 오도독 오도독 눈 밟는 소리가 났다. 우리는 모퉁이 가로등 밑에서 멈추었다.

"이제 어디로 가?"

바비가 물었다.

"블레이크 아저씨 집은 어때?"

마릴린이 대답했다.

우리는 어둠 속에서 블레이크 아저씨 집의 윤곽을 찾으려고 둘레를 자세히 살폈다. 우리가 서 있는 곳에서 8백 미터 정도 떨어진 언덕 위에 희미하게 그 집의 모습이 보였다. 우리는 위도우 소르빅, 뱅스톤스, 벤 넬슨, 그리고 가까운 다른 가족들을 위해서 크리스마스캐럴을 불렀다. 우리는 이웃의 경계를 넘어가는 모험은 전혀 할 생각이 아니었다. 포목점 주인인 블레이크 아저씨를 위해서 노래를 부를 생각은 더더욱……

우리 마을에서는 아이들이 할 일이 그리 많지 않았다. 얼음 위에서 스케이트를 타며 노는 것이 고작이었다. 아니면 월요일 밤이니까 집에 가서 라디오 프로그램인 럭스 라디오 시어터를 듣거나 역사 수업에 대비해서 링컨의 노예해방선언을 읽는 정도였다. 하지만 그것들은 모두 우리의 목록 맨 밑쪽에 있었다. 크리스마스 1주일 전날 밤에 영하의 날씨에서 캐럴을 부르는 일은 매력 있고 낭만적인 일이었다. 우리는 참으로 마음을 모아 즐거이 많은 노래를 불렀다. 몇 주 동안 우리는 "고요한 밤 거룩한 밤"과 "기쁘다 구주 오셨네"를 연습했고, 교회와 학교에서 부를 다른 노래도 연습했다.

노래를 부르는 것은 노래 그 이상의 의미가 있었다. 그때는…… 크리스마스의 즐거움을 함께 나누고 싶은 마법과도 같은 계절이었다.

"저기까지는 상당히 멀잖아."

나는 블레이크 아저씨 집으로 가는 골목길을 살펴보면서 말했다.

"그래, 블레이크 아저씨는 듣지도 못하잖아."

얼이 덧붙여 말했다.

"게다가 교회에도 안 나오잖아. 아저씨는 어쩌면 크리스마스캐럴을 좋아하지 않을지도 몰라."

바비가 말했다.

우리는 부모님들이 블레이크 아저씨가 교회에 오지 않는 이유에 대해 추측하는 소리를 엿들은 적이 있다. 어떤 분들은 그가 귀를 먹어서 목사님 설교를 듣지 못하기 때문이라고 했고, 어떤 사람들은 백만장자라 아쉬울 일이 없으니 굳이 교회에 나올 생각을 안 하는 것 아니냐고도 했다.

"우리가 아저씨를 위해서 노래를 부르면 아저씨가 캔디 캐인을 줄지도 모르잖아!"

메리 앤이 소리쳤다. 그 아이의 톤 높은 목소리는 저녁 하늘을 꿰뚫는 것 같았다. 메리는 자신이 낸 생각에 만족해하며 빨간 벙어리장갑을 낀 손으로 박수를 쳤다.

메리 앤의 말은 우리 이야기에 마침표를 찍었다. 이 마을 아이들은 모두 블레이크 아저씨가 토요일마다 종종 그의 가게에서 아이들에게 막대 초콜릿을 공짜로 나누어 준다는 사실을 알고 있었다. 그래서 그날 밤, 우리 다섯 명은 그 저택으로 향했다.

블레이크 아저씨 집은 거대한 미루나무, 느릅나무, 단풍나무로 둘러싸여 있었고, 어림잡아 6천 평이 넘는 면적으로 마을에서는 좀 동떨어져 있었다. 우리가 눈으로 뒤덮인 골목길을 터벅터벅 걸어올라 가자 무시무시하게 헐벗은 나뭇가지가 삐걱거리며 흔들렸다. 집에 가까이 다가가자 그 커다란 집 안에 불빛이라고는 달랑 두 개 밖에 켜 있지 않았다.

"아저씨가 우리 노래를 들으려고 할까?"

바비가 위의 창문을 올려다보면서 물었다.

"아니. 하지만 가정부인 러스타드 아줌마는 우리 노래를 들어줄 거야."

내가 말했다.

우리는 무릎까지 오는 눈 속에 첫 노래 "오 베들레헴 작은 골O Little Town of Bethlehem"을 불렀다. 노랫소리는 가락을 따라 커졌다 작아졌다 하며 밤하늘에 퍼져 나갔다.

오 베들레헴 작은 골 너 잠들었느냐
별들만 높이 빛나고 잠잠히 있으니
저 놀라운 빛 지금 캄캄한 이 밤에
온 하늘 두루 비춘 줄 너 어찌 모르나
……

우리가 노래를 끝마쳤을 때 아무도 내다보지 않았다.

"'기쁘다 구주 오셨네' 부르자. 좀 더 크게 부르자."

바비가 발을 좀 따뜻하게 해 보려고 동동 구르면서 말했다.

우리는 블레이크 아저씨가 창가로 내다보기를 바라며 목청을 돋우며 있는 힘껏 노래를 불렀다. 단 1초도 얼굴을 보이는 사람이 아무도 없자 나는 좌절감을 맛보았다.

"아저씨는 우리 노래를 들을 수 없어."

내가 말했다.

어쩔 수 없이 우리는 몸을 돌려 길가로 내려가려고 했다. 우리가 두 발자국도 채 걷기 전에 앞 문이 열렸다. 러스타드 아줌마가 홈 드레스 위에 분홍색 스웨터를 걸친 채로 그림자 속에 나타났다.

"애들아! 들어와서 블레이크 아저씨를 위해서 노래를 불러줄래?"

아줌마가 애원하듯이 말했다.

"네!"

우리가 소리쳤다.

북극 캥거루처럼 눈더미 속에서 펄쩍펄쩍 뛰며 우리는 집 출입

문으로 들어가 아줌마를 따라 작은 방으로 들어갔다.

"여기서 기다려라."

아줌마는 호기심으로 여기저기를 둘러보는 우리를 남겨 놓고 방을 나갔다. 잠시 뒤에 다시 문이 열리더니 블레이크 아저씨가 들어왔다.

"너희가 나를 위해 노래를 하러 왔니?"

아저씨가 물었다. 아저씨의 험한 회색 눈이 우리 다섯 명을 훑어보았다. 우리는 진지하게 고개를 끄덕였다. 아저씨는 우리 얼굴을 하나하나 빤히 쳐다보다가 손가락으로 바비를 가리켰다.

"네 이름이 뭐지?"

"바비 칼슨이에요."

바비가 말했다. 그는 옆을 돌아보면서 메리 앤을 가리켰다.

"얘는 제 동생이에요. 여섯 살이에요."

"큰 소리로 얘기해, 얘들아. 블레이크 아저씨는 잘 못 들으셔."

아줌마가 말했다.

"제 이름은 얼이에요. 얘는 마릴린과 제월이구요."

블레이크 아저씨는 보청기를 조절한 다음 오른손을 귀 위에 컵

모양을 만들어 댔다. 그런 다음 두 눈을 바닥에 고정시켰다. 이제 노래할 시간이었다.

기쁘다 구주 오셨네 만 백성 맞으라
......

우리는 힘차게 노래했다. 그런 다음 좀 더 부드러운 "고요한 밤 거룩한 밤"과 "오 작은 베들레헴 골"을 불렀다.

노래가 끝나자 러스타드 아줌마는 눈물을 흘렸다. 블레이크 아저씨는 목을 쿵쿵 거리며 발만 움직였다. 그러나 아저씨는 우리를 쳐다보지 않았다. 아무도 움직이지 않고 그 누구도 말하지 않는 어색한 시간이 흘렀다.

마침내 바비가 말했다.

"그럼, 우리는 갈게요."

네 명이 발을 끌며 문 쪽으로 향했다. 메리 앤만이 그대로 서서 블레이크 아저씨를 빤히 쳐다보았다. 그녀의 파란 두 눈은 구슬처럼 둥글었다.

갑자기 블레이크 아저씨가 소리쳤다.

"잠깐만! 잠깐 기다려!"

아저씨는 방을 나가서 갈색 상자를 들고 돌아왔다.

'와! 사탕이다!'

우리는 모두 같은 생각을 했다.

메리 앤은 막대 초콜릿을 집으면서 방긋 웃었다.

"고맙습니다!"

메리 앤은 블레이크 아저씨가 들을 수 있을 만큼 아주 큰 소리로
외쳤다.

밖으로 나온 우리는 벙어리장갑을 벗고 사탕을 까서 먹었다.

"아저씨는 좋은 사람이지? 난 아저씨가 좋아."

메리 앤의 높은 목소리가 정막 속으로 울려 퍼졌다.

"노래하자!"

바비가 외쳤다. 우리 모두 같은 기분이었다.

우리의 목소리가 밤 허공을 가득 메워서 오드득 오드득 하는 눈
발자국 소리와 나뭇가지가 무시무시하게 서로 스치는 소리 따위는
들리지 않았다. 아름다운 노래가 어두운 거리와 골목길로 크고 맑

게 퍼져나갔다. 그 노래는 창가에 서서 우리를 지켜보고 있는 한 백만장자의 가슴 속에도 울려 퍼졌다.

CLASSIC CHRISTMAS

STORY
———————
14

Classic Christmas 열 네 번 째 이 야 기

오랫동안
거기에 그렇게

산타가 여기 있는 나를 찾지 못했다는 사실을 깨달았다.

트리 밑에는 나를 위해서

산타가 놓고 간 것 같은 선물을 없었다.

옆 집 아이는 장난감 덤프트럭을 갖고 있었다. 어찌나 잘 만들었는지 진짜 덤프트럭 같았다. 그것은 정말로 내가 갖고 싶은 트럭이었다. 그 아이는 아무도 그것을 만지지 못하게 했다.

아빠는 토목 기사로 현장 노동자들을 관리했다. 아빠는 종종 나를 데려가서 부하들이 증기 삽과 트럭을 조종하는 모습을 보여주었다. 나는 옆집 아이보다 덤프트럭에 대해서 더 많이 알고 있었다.

나는 아빠에게 선물로 덤프트럭을 달라고 산타클로스에게 편지 쓰는 것을 도와달라고 했다. 1929년, 나는 읽기와 쓰기를 배우기 시작한 초등학교 1학년이었다. 나는 바닥에 엎드려 큰 소리로 신문 읽는 것을 좋아했는데, '1929'라는 곤혹스러운 숫자와 부딪혔다. 나는 그것이 무슨 의미인지 머지에게 물어보았다.(나는 엄마를 머지라고 부른다.) 머지는, 숫자는 연도를 나타내는데, 1929년은 올해의 숫자라고 했다. 아이인 내가 통치하는 왕국에서는 '역사적인 1929년'에 주식 시장 붕괴로 고통을 당하는 일 따위는 없었다.

지금까지 우리 가족은 오리건 주 로즈버그에서 살고 있다. 우리의 원래 고향은 오리건 주의 또 다른 작은 마을 메드포드였다. 그곳에는 아직도 다른 가족들이 살고 있다. 아빠는 큰 회사에 다녔기 때문에 우리 셋은 다른 가족과 떨어져 로즈버그로 이사왔다.

크리스마스를 보내러 우리는 메드포드의 마마(나는 외할머니를 마마라고 불렀다) 집으로 갔다. 외할머니는 내가 마마라고 부르는 것을 마음에 들어 했다. 외할아버지 이름은 알버트인데, 이 이름으로 내가 머리를 짜내 지은 애칭은 오보이다. 그분들은 메드포드 외곽에서 배 과수원을 하며 머지의 남동생인 조지 삼촌과 함께 살았다. 조지 삼촌은 나를 무척 괴롭히지만 가끔씩 스튜드베이커 자동차를 태워준다. 이것이 내가 삼촌을 봐 주고 참을 수 있게 하는 이유였다.

친할머니와 할아버지도 메드포드에 살았다. 우리가 로즈버그로 이사하기 전에 할아버지와 할머니는 오랫동안 포틀랜드에서 살았다고 했다. 우리가 할아버지 집에 도착하자 굳은 표정을 한 식구들은 한자리에 모여서 '암'과 '수술' 같은 무서운 단어를 이야기했다. 할아버지는 하루 내내 파자마를 입고 계셨고 얼굴도 창백해 보였다. 할아버지는 더는 가구를 만들지 않았다. 심지어 나를 위한 인형 가구조차도 만들지 않았다.

우리가 크리스마스이브에 산에 오르기 시작하자 비가 내리기 시작했다. 나는 산타클로스가 마마 집에 있는 나를 찾지 못할까봐 걱정이 되었다. 또 나는 할아버지가 하루 종일 파자마를 입고 있을지도 궁금했다.

마마 집에서는 생강과 계피 향이 났다. 마마는 나를 꼭 끌어안고, 트리에 걸려 있는 크렌베리 꽃다발을 주었다. 저녁을 먹은 뒤에 아보 할아버지는 『크리스마스이브의 밤*The Night Before Christmas*』을 읽어주었다. 나도 함께 읽으려고 했지만 아보 할아버지는 암송으로 읽어주는 것이라 속도를 따라갈 수 없었다. 그래서 나는 그냥 듣기만 하면서 그림을 바라보았다.

그날 밤, 아보 할아버지 서재의 접이식 침대에서 자려고 하는데 잠이 오지 않았다. 집 안에 모든 불이 다 꺼지자 나는 앞 방에서 옷 스치는 소리를 들었다. 나는 살짝 들여다보았다. 머지가 트리 아래서 불룩한 면 양말을 놓는 모습을 보았다. 별로 놀랄 일은 아니었다. 나는 며칠 전에 집에서 장롱 여기저기를 뒤지다가 불룩한 양말을 찾아냈다. 나는 머지가 산타를 돕는다고 생각했다. 하지만

내가 마마 집에 있는 걸 산타가 알고 있을까?

다음날, 나는 동도 트기 전에 식구들을 다 깨웠다. 아보 할아버지가 커다란 나무 스토브에 불을 때는 동안 나는 양말 속의 보물을 꺼내보았다. 장난감과 사탕, 그리고 화려한 구슬들이 쏟아져 나왔다. 그런 다음 나는 선물 꾸러미들을 탐색했다. 맥빠진 나는 산타가 여기 있는 나를 찾지 못했다는 사실을 깨달았다. 트리 밑에는 나를 위해서 산타가 놓고 간 것 같은 선물은 없었다.

나는 다른 밝은 색 선물 꾸러미를 눈여겨보았다.

"언제 선물을 열어보나요?"

"금방 할 거야. 할머니 할아버지가 아침 드시려고 이리로 오고 계셔."

어른들은 언제나 이런 식으로 말했다.

한숨을 쉬면서 나는 스토브 옆 바닥에 앉아 사탕 하나를 슬쩍 꺼냈다. 조지 삼촌이 졸리는 모습으로 방에서 나왔다. 삼촌은 내 옆구리를 쿡 찔렀다. 나는 비명을 질렀다.

"메리 크리스마스, 아가야."

삼촌은 아보 할아버지의 큰 가죽 의자에 풀썩 앉으면서 말했다.

마침내 할머니와 할아버지가 도착했다. 할머니는 내게 탁자에 올려놓으라고 계피를 건네주었다. 할머니는 할아버지에게서 잠시도 눈을 떼지 못했다. 할아버지는 양복을 입었지만 옷이 좀 커 보였다. 할아버지는 여전히 창백했고 지팡이에 의지하여 걸었다.

아침을 먹은 뒤에 사람들은 모두 거실로 모였다. 조지 삼촌이 선물을 나눴다. 나는 체스와 책 몇 권, 그리고 인형 침대를 받았다. 그런데 인형 침대는 할아버지의 선물이었다! 놀란 나는 할아버지를 올려다보았다.

"정말로 할아버지가 주는 거예요?"

할아버지는 웃으시며 고개를 끄덕였다.

우리는 선물에 대해 서로 고맙다는 인사를 했다. 그때 아빠가 내게 말했다.

"얘야, 피아노 옆에 무슨 선물이 있나 가서 보렴."

나는 일어서서 피아노를 바라보았다. 확실히 거기에는 빨간 포장지로 포장한 커다란 상자가 쪽지와 함께 놓여 있었다.

팻에게, 산타가.

"산타가 나를 찾아냈어!"

나는 고함을 지르며 리본을 끌러 포장지를 벗겼다. 놀랍게도 안에서 빛나는 빨간색 덤프트럭과 파란색 증기 삽, 그리고 은 물동이가 나왔다! 나는 기뻐서 소리를 지르며 모든 식구들을 껴안고 춤을 췄다. 그런 다음 방 가운데 앉아서 바닥에 구슬을 흩어놓았다. 그러고는 증기 삽으로 구슬을 퍼올려서 화물칸에 떨어트렸다. 다시 그것들을 내버리고 다시 퍼올리고를 거듭했다.

조지 삼촌이 도와주러 왔다. 아빠도 함께했다. 아보 할아버지는 의자에 기대고 앉아 계셨다. 한참 노는 데 정신이 팔려 있다가 할아버지를 올려다 보자 뭔가 이상한 느낌이 밀려왔다. 할아버지는 슬퍼보였다. 나는 일어서서 할아버지에게로 가서 의자 팔걸이에 기댔다.

"할아버지도 놀고 싶으세요?"

"난 그냥 구경하는 게 좋구나."

할아버지가 조용히 대답했다.

"인형 침대, 고맙습니다. 정말로 할아버지가 만들었어요?"

할아버지는 나를 돌아보시며 웃으셨다.

"그래. 포틀랜드로 가기 전에."

할아버지는 마르고 하얀 손으로 내 머리카락을 쓰다듬었다.

나는 할아버지가 앉은 의자에 기댄 채로 아빠와 삼촌이 내 덤프

트럭을 갖고 노는 모습을 지켜보았다. 나는 오랫동안 그 자세로 있

었다. 나는 거기에 그렇게 있고 싶었다.

CLASSIC CHRISTMAS

STORY

15

어미 개와
새끼 강아지

우리는 모두, 부자거나 가난하거나, 백인이거나 흑인이거나,

동물을 사랑하거나 그렇지 않거나,

마구간에서 태어난 또 다른 아기를 떠올렸다.

그곳에도 아기 예수를 위한 방은 없었다.

19

40년대 초 오하이오 재니스빌의 크리스마스 철이었다. 날씨는 춥고 황량했다.

특별한 아침에 나는 시내에서 버스를 내렸다. 한 무더기의 사람들이 법원 앞에 모여서 웅성거렸다. 길을 잃고 떠돌던 누런 개 한 마리가 그곳에서 새끼를 낳았다.

어미 개와 새끼 강아지를 어떻게 해야 할지 사람들은 당혹해했다. 우스꽝스러운 제안에서 불가능한 제안까지 별별 의견이 다 나왔다. 내 마음속에 떠오른 생각은 그들을 간섭하지 않고, 그냥 어미 개에게 먹을 것을 좀 갖다 주는 거였다.

어미 개는 불안해 보였다. 나는 어미 개가 다른 어미들처럼 새끼들을 따뜻하게 보살펴 줄 것이라고 생각했다. 물론 어미가 잘 먹고, 무엇보다도 모인 군중에게서 새끼들이 안전할 수 있다면 어미는 제 구실을 충분히 해낼 것이라고 생각했다.

나는 어미 개를 바라보았다. 어미는 새끼를 위해서 최선을 다하고 있었다.

바로 그때 트럭 한 대가 백화점 가까운 골목으로 들어오더니 멈추어 섰다. 농부로 보이는 일옷을 입은 남자가 차에서 내려 걷다가 어미 개와 새끼를 보았다. 그는 그들에게 다가가 쪼그리고 앉더니 어미 개를 쓰다듬었다.

조용하고 침착한 목소리로 남자는 어미 개에게 말했다.

"이 여관에는 너희가 잘 방이 없구나."

그는 모자를 벗어서 그 안에 새끼들을 넣은 다음 앞을 오무려 새끼들을 따뜻하게 해 주었다. 나는 남자의 모자와 목도리를 자세히 보았다. 이 지역 사람들이라면 다들 아는 농부였다. 모자와 목도리는 그의 이웃인 그레이 부인이 이 농부를 위해서 떠준 세트였다. 농부와 그의 아내는 이 지역에서 다른 사람들에게 친절하기로 소문난 사람들이었다. 그들은 항상 자신들이 가진 것을 나누어 썼다. 그레이 부인은 자신이 떠준 선물이 새로 태어난 강아지들의 요람으로 사용하게 된 것을 꿈에도 생각하지 못할 것이다.

아까와 같은 침착한 목소리로 농부는 어미에게 금방 돌아오겠다고 말했다. 그런 다음 그는 모자 안에 든 새끼들을 트럭으로 데려가 내려놓았다. 잠시 뒤 농부는 되돌아왔다. 어미 개가 너무 쇠약

해서 걸음조차 걷지 못하는 것을 알아챈 그는 목도리를 벗어서 어미 목에 둘러주었다. 그런 다음 어미 개를 데리고 트럭으로 가서 새끼들과 한곳에 있게 했다.

차를 출발시킬 준비가 끝난 농부는 트럭 문을 열고 외쳤다.

"여러분! 메리 크리스마스! 새해엔 여러분 모두 더 행복하세요!"

농부가 떠나자 거리는 잠시 조용했다. 우리는 모두, 부자거나 가난하거나, 백인이거나 흑인이거나, 동물을 사랑하거나 그렇지 않거나, 마구간에서 태어난 또 다른 아기를 떠올렸다. 그곳에도 아기 예수를 위한 방은 없었다.

이 소식이 그레이 부인에게 전해지자 부인은 웃으면서 마을 사람 모두가 생각에 잠기게 하는 말을 했다.

"내가 모자와 목도리를 뜨는 것은 하느님의 뜻입니다."

그 추운 날 이후 50년이 넘게 세월이 흘러갔다. 하지만 자주 나는 이때를 돌이켜본다. 이런 추억들이 있어 내게 크리스마스는 언제라도 아름답고 따뜻하다.

STORY

——————

16

Classic Christmas 열 여 섯 번 째 이 야 기

크리스마스의
기적

선물 가방은 아무 곳에도 없었다.
부모님은 말할 것도 없고,
형제들을 배반한 것 같은 무거운 마음으로 나는 흐느껴 울었다.
눈물을 흘리면서 나는 조용히 하느님께
선물을 우리에게 돌려달라고 간청했다.

19 53년, 크리스마스를 3주 앞두고 아빠가 느닷없이 병원으로 실려 갔다. 의사는 침착한 목소리로 엄마에게 서둘러 심장 수술을 하지 않으면 크리스마스에 아빠를 보지 못할 것이라고 했다.

"수술을 한다 하더라도 살아나기가 힘듭니다. 부군의 심장이 심하게 손상되어 있네요."

의사가 설명했다.

우리 형제들의 얼굴에서 어리둥절한 표정을 본 나는 내가 의사의 말을 잘못 알아들은 것이 아니라는 사실을 깨달았다. 아빠는 이제껏 아픈 적이 없었다. 심지어 감기 한번 걸리지 않았다. 그런데 어떻게 이런 일이 생길 수 있단 말인가?

우리 열네 남매는 병원 대기실에서 얼마나 이렇게 앉아 기다려야 하는지 답답해했다. 나는 우리 형제들이 1년 동안 일한 돈으로 살 물건 목록을 만든 것이 바로 어제였다는 생각이 들었다. 우리의 계획은 상품 목록에서 몹시 사고 싶은 물건을 저마다 하나씩 사는 것이었다.

나는 내 돈을 하얀 피겨 스케이트를 사는 데 쓸 생각이었다. 오빠들 몇은 스키를 살 계획이었고, 또 남동생은 라이오넬 기차 세트를 살 생각이었다. 둘째 언니는 기타를, 두 여동생은 인형을 사고 싶어했다.

우리는 그렇게 1년간 일해서 모은 돈으로 크리스마스 선물을 샀다. 그 돈으로 무엇을 할까 생각하며 사는 1년간의 갈망 때문에 힘든 일을 별 불평 없이 해낼 수 있었다. 그 욕망이 삽으로 거름을 퍼서 소에게 주게 했고, 돼지에게 밥찌꺼기를 주게 했고, 몇 시간씩 우유를 짜게 만들었다. 어떠한 궂은 날씨 속에서도 그 일들을 하며 참아냈다.

나는 병원 벽에 걸린 시계를 바라보았다. 수술에 들어간 지 벌써 여섯 시간이 지났다. 처음에 우리는 모두 엉엉 울었다가, 안절부절못하고 왔다 갔다 했다가, 이제 마침내 침묵이 온통 두텁게 깔려 있어서 나는 내 귀가 울리는 소리까지 들을 수 있었다. 불안이 극에 다다랐을 때 의사가 나타났다.

의사는 대기실 주위를 둘러보다가 엄마와 시선이 부딪히자 엄마에게로 걸어갔다.

"브라이트 부인. 남편의 심장이 심각한 상태입니다."

그는 엄마에게 좀 더 가까이 다가가서 엄마의 손을 잡았다.

"그저 제가 할 수 있는 말이라고는…… 남편이 오래 살 희망이 많지 않다는 겁니다. 하느님의 뜻으로, 잘 되기를 바랄 뿐입니다."

우리는 모두 충격에 휩싸였다.

'지금 의사는 아빠가 죽을지도 모른다고 얘기하고 있는 것인가?'

집으로 차를 타고 오는 동안 모두 아무 말도 하지 않았다. 집에 들어섰을 때, 방 안에 가득 찼던 아빠의 목소리가 들리지 않자 마치 집 안이 텅 빈 것 같았다. 나는 울기 시작했다. 다른 식구도 울었다. 두려움을 함께 나누기 위해서 우리는 한데 모였다.

여호와는 나의 목자시니 내가 부족함이 없으리로다

그가 나를 푸른 초장에 누이시며 쉴 만한 물가로 인도하시는도다

……

엄마가 「시편」 23편을 암송했다.

그날 밤, 잠자리에 들기 전에 형제들이 한데 모였다. 우리는 돈을 엄마와 아빠를 위한 선물을 사는 데 쓰기로 결정했다. 귀금속 광고를 본 나는 아빠에게는 10캐럿 금에 검은 마노 알을 박은 반지를, 엄마에게는 우아한 부로바 시계를 사주자고 제안했다. 형제들은 내 생각에 따르기로 했다.

다음날, 엄마가 병원에 간 동안 이웃 아줌마와 함께 쇼핑몰에 갔다. 내가 산 것을 포장하기 위해서 카운터 앞에 줄을 서 있는데, 부모님의 선물을 샀다는 흥분으로 가슴이 콩닥콩닥 뛰었다. 가게의 점원인 내 가장 친한 친구의 엄마가 내게 포장된 선물 가방을 건네주자 나는 아줌마에게 "메리 크리스마스!"라고 말하고, 선물을 끌어안고 가게를 나왔다.

"원하는 것을 샀니?"

내가 다가가자 기다리고 있던 이웃 아줌마가 물었다. 나는 아줌마에게 히죽 웃으며 고개를 끄덕였다. 아줌마도 내게 웃어주었다. 그런 다음 아줌마도 쇼핑한 것을 들고 우리는 주차장으로 갔다. 아줌마가 트렁크를 열려고 했으나 열리지 않았다.

"실비아, 도와줄래? 이크, 트렁크가 날씨가 추워서 들러붙었나

봐."

잠시 뒤 우리는 트렁크에 가방을 넣고 집으로 향했다. 나는 집으로 빨리 가고 싶어 안달이 났다. 형제들이 이 선물을 봤을 때의 얼굴 표정과 크리스마스이브에 이 선물을 열어 볼 부모님의 표정을 보고 싶은 마음을 거의 억누를 수가 없었다.

아줌마는 나를 흘끗 올려다보았다.

"물어봐도 괜찮은지 모르겠지만…… 부모님을 위해서 뭘 샀니?"

나는 조심스럽게 선택한 선물을 잡으려고 옆으로 손을 뻗었다. 그때, 끔찍한 기억이 났다…….

"차를 세워요! 선물을 자동차 지붕 위에 그냥 놓고 왔어요! 트렁크 여는 것을 도울 때…… 아!"

아줌마는 재빨리 길가에 차를 세웠다. 나는 후다닥 차 문을 열고 나가서 선물 가방이 그대로 지붕 위에 있기를 바라는 간절한 마음으로 위를 올려다보았다. 아무것도 없었다. 소름이 끼쳐왔다. 나는 차에 기대어 흐느껴 울었다.

우리는 되돌아가서 쇼핑몰 주차장을 비롯한 이곳저곳을 샅샅이 뒤졌다. 그러나 선물 가방은 아무 곳에도 없었다. 부모님은 말할 것도 없고, 형제들을 배반한 것 같은 무거운 마음으로 나는 괴로웠다. 눈물을 흘리면서 나는 조용히 하느님께 선물을 우리에게 돌려 달라고 간청했다.

이성을 잃은 나를 본 아줌마는 함께 집으로 가서 식구들에게 어떻게 된 일인지 설명해 주겠다고 했다.

우리가 집으로 들어선 순간 형제들이 우리에게 다가왔다.

"아빠가 크리스마스를 보내러 집에 오셨어!"

큰오빠가 명랑하게 말했다. 오빠는 선물 가방을 들고 웃고 있었다.

"선물을 골라서 딱 맞게 배달을 시키다니 정말 완벽했어. 이거 정말 기억에 남을 크리스마스가 되겠어!"

그랬다. 선물이 집에 와 있었다. 나는 당연히 가게에 선물을 배달해 달라고 청한 일도 없을 뿐더러 어떻게 선물이 그날 우리 집에 오게 되었는지를 전혀 알지 못했다. 하지만 우리에게 기적이 일어난 것만큼은 분명했다.

CLASSIC CHRISTMAS

STORY

———

17

집 안에 사는
도둑

엄마는 마치 우리가 쿠키를 다락에 숨겨두었는지 모르는 것처럼,
우리가 마치 몇 주 동안 쿠키를 맛보지 않은 것처럼 말했다.

사람들은 요즘 크리스마스가 옛날보다 더 정신없는 것 같다고 말하곤 한다. 아홉 형제 집에서 자란 나는 이 말에 동의하지 않는다.

내 어린 시절의 어느 해, 크리스마스가 되기 몇 달 전부터 우리는 극도로 흥분한 상태였다. 우선 쇼핑부터 하고, 여러 가지 모양과 색깔, 그리고 맛으로 수십 가지 쿠키를 구웠다. 엄마는 크리스마스트리를 꾸밀 장식품을 우리 스스로 만들어 달게 했다. 그때 나는 엄마의 그 마음을 제대로 인식하지 못했지만 그 장식품들은 지금 내 기억 속에 가장 값진 보물이 되었다.

엄마는 크리스마스 때 먹으려고 미리 구워놓은 쿠키는 늘 다락에 숨겨 놓았다. 내 고향의 겨울 날씨가 몹시 추웠기 때문에 쿠키는 크리스마스이브까지 신선함을 유지했다. 우리 형제들은 엄마가 쿠키를 숨기는 곳을 찾아내서, 엄마와 아빠가 집을 비울 때마다 몰래 가서 조금씩 훔쳐 먹었다. 가끔씩 엄마는 집에 들어올 때 다락문이 닫히는 소리를 듣곤 했다. 하지만 우리는 심지어 쿠키 부스러기가 스웨터에 묻었는데도 시치미를 뚝 뗐다.

엄마는 호두를 이용하여 딸기처럼 생긴 어여쁜 장식품들을 만들었다. 과정은 간단히 세 단계로 이루어졌다. 첫 단계는 호도를 빨갛게 칠하는 것이다. 두 번째는 칠이 마르면 씨를 연상하도록 검은 점을 찍는다. 마지막으로 푸른 펠트 잎사귀를 꼭대기에 풀로 붙이고 장신구 걸이를 붙인다. 색칠한 호두들을 엄마는 거실 의자 아래에 신문 한 장을 펼쳐 놓고 그 위에 올려 놓아 마르게 했다. 엄마는 크리스마스를 앞두고 꾸준히 그 일을 했고, 모든 것들이 매끄럽게 진행되었다. 그런데…… 호두가 사라지기 시작했다.

첫날, 엄마는 아무 말도 하지 않았다. 분명히 의자 밑에 호두를 놓은 것이 분명했지만 엄마는 자신을 의심하면서 아마 다른 곳에 두었을 것이라고 말했다. 엄마는 호두를 몇 개 더 색칠해서 말리려고 의자 밑에 두었다. 다음날 다시 호두가 없어지자 엄마는 그들을 찾을 묘안을 생각해 내었다. 엄마는 맨 밑에 어린 세 아이들을 손가락으로 가리켰다. 우리 셋을 엄마는 호두가 먹고 싶어서 훔쳐간 용의자로 지목한 것이다. 엄마는 토미, 패티, 그리고 나를 부엌 탁자로 '소환'해서 심문을 시작했다.

"어젯밤에 의자 밑에 색칠한 호두를 놓아두었어. 오늘 일하고 집에 와 보니 그 호두들이 다 사라졌더구나. 어떻게 된 일이지?"

우리 셋은 서로 빤히 바라보기만 했다. 나는 그런 짓을 하지 않았기에 앉아서 누군가가 고백하기를 기다렸다.

"저는 안 그랬어요."

패티가 먼저 말했다.

"호두가 어디 갔는지 저도 정말로 몰라요."

토미도 고개를 저으며 말했다.

"저도 몰라요."

내가 말했다.

"음, 그럼, 걔네들이 일어나서 걸어갔나 보지."

엄마가 어처구니없다는 듯이 말했다.

엄마는 부엌에서 나가 저녁 내내 새 호두 장식품을 만드느라고 색칠을 했다. 다음날 아침, 엄마는 일하러 집을 막 나서려 하면서 의자 밑을 보았다. 엄마는 진절머리를 치면서 화를 냈다.

"너희들, 이따가 돌아오면 누구 짓인지 꼭 찾아내고 말겠어!"

엄마는 문을 열면서 큰 소리로 화를 냈다.

"너희가 했니?"

엄마가 문을 닫고 나가자 패티가 토미와 내게 물었다.

토미와 나는 머리를 흔들었다.

저녁 먹기 전에 우리는 다시 부엌 탁자로 불려갔다.

"너희 중 누가 호두를 먹었니?"

엄마는 꼭 밝혀내고야 말겠다고 단단히 마음먹은 듯이 물었다.

우리는 머리를 흔들었고, 이 사건과는 아무런 관련이 없다고 부인했다. 우리는 학교 갔다 온 시간과 엄마가 일을 갔다가 집으로 돌아온 시간 사이에 남는 한 시간 동안 다락에 있는 쿠키를 조금 훔쳐 먹었지만 정말로 호두는 먹지 않았다.

"누구 짓인지 꼭 알아내고 말겠어."

엄마가 말했다.

그날 밤, 엄마는 또 호두 몇 개에 색깔을 빨갛게 칠해서 침실로 가져갔다. 엄마는 우리가 감히 훔칠 수 없게 침대 밑에 숨겨 놓았다. 다음날 아침, 엄마는 우리를 데리고 새로 호두를 숨겨 놓은 곳으로 데려갔다.

"자, 이제 곧 너희가 호도를 훔쳤는지 그렇지 않은지를 알게 될 거야. 어젯밤에 여기에 호두를 숨겨 놓았어. 너희는 내가 이곳에 호두를 숨겨 놓은 사실은 몰랐을 거야. 만약 호두가 여기 그대로 있으면, 너희 중 한 명이 이제껏 호두를 훔쳐간 거야."

엄마는 침대 덮개를 들어 올렸고, 우리는 신문 위를 살피려고 몸을 숙였다. 호두는 없었다. 단지 호두가 있었던 곳에 말라비틀어진 빨간색 원형 자국만이 남아 있었다.

"오, 맙소사, 도대체 너희 중 누가 호두를 먹은 거야?"

우리는 다시 서로를 빤히 바라보며 고개를 저었다. 우리 셋은 용의자로 지목받고 있는 이 사건과는 아무런 상관이 없었다.

토미가 무릎을 꿇고 얼굴을 침대 밑에 넣었다.

"아, 누가 호두를 가져갔는지 알겠어요."

"누군데?"

"쥐요."

토미는 침대 밑에 있는 신문을 잡아당겨서 신문지에 빨갛게 찍혀 있는 작은 발자국을 보여주며 말했다.

엄마는 신문지를 얼굴로 바짝 잡아당겼다.

"그래, 그런 것 같아. 그럼, 이제 이 문제는 풀렸군. 오늘 밤에는 좀 더 높은 곳에 호두를 놓아야겠군."

엄마가 말했다.

엄마는 복도 벽장으로 걸어가더니 장식품 재료가 들어 있는 상
자를 꺼냈다. 엄마는 호두 몇 개에 또 빨갛게 색칠해서 벽장 선반
위에 올려놓았다. 다음날 아침 우리는 그 빨간 호두가 선반 위에
그대로 있는지를 보려고 벽장문을 열었다. 그 뒤로 호두는 더는 없
어지지 않았다. 엄마는 마침내 크리스마스이브 전날 밤에 호두 장
식품을 완성했다.

"어때?"

엄마는 완성된 호두 장식품을 트리에 달면서 물었다.

"멋져요."

우리가 대답했다.

그날 밤, 엄마는 이웃에게도 쿠키를 좀 나누어 주자고 말했다.
그런 다음 엄마는 패티에게 다락에 올라가 쿠키를 모두 갖고 오라
고 했다.

"크리스마스 쿠키를 좀 만들었어. 너희가 이웃에게 좀 갖다 주
고 오렴."

엄마는 마치 우리가 쿠키를 다락에 숨겨두었는지 모르는 것처럼, 우리가 마치 몇 주 동안 쿠키를 맛보지 않은 것처럼 말했다. 우리는 쿠키가 든 그릇들을 나누어 들고 부엌 탁자로 가서 서로 엉큼한 눈길을 주고받았다. 엄마는 그릇을 하나씩 열어 보고, 그릇마다 절반씩밖에 남아 있지 않은 쿠키를 보더니 머리를 흔들었다. 그리고 한숨을 내쉬며 말했다.

"아휴, 다락에도 쥐가 사는가 보네……."

CLASSIC CHRISTMAS

STORY

———— ·· ————

18

스카프와 팝콘

'지구상에서 가장 인간적이고 양심적인'

우리 엄마는 우리가 모자를 쓰지 않는다면

아침이 오기 전에 마치 무슨 죽을병이라도 걸릴 것처럼 생각하는 것 같았다.

왜 우리 엄마는 그렇게……,

그렇게도 엄마다워야 한단 말인가?

"생각했던 것보다 훨씬 더 춥네."

엄마가 이마에 주름을 잡으면서 말했다.

"너희 모자를 잊고 오다니. 어쩌면 좋아!"

우리는 엄마 옆 인도에 서 있었다. 엄마가 모자 걱정을 하는 내내 우리는 행복하게 재잘거렸다. 우리는 머리에 대해서는 별 관심이 없었다. 추위를 쫓으려고 우리는 열정적으로 발을 동동거리며 시간을 즐겁게 보냈다.

눈부시게 화려한 크리스마스 장식품들이 온 시내를 아름답게 장식했다. 광장 가운데 커다란 트리가 수백 가지 장식품들로 꾸며져 있고 그 둘레는 은 장신구들로 꾸며 놓았다. 가게 창가에는 우리를 현기증나도록 흥분시키는 자전거와 아기 인형들이 전시되어 있었다. 우리는 즐겁게 우리를 둘러싼 온갖 모양과 빛깔을 한 불빛의 세계로 들어갔다.

마치 작은 마을에 사는 모든 사람들이 크리스마스 행진을 기다리느라고 길에 줄을 서 있는 것처럼 보였다. 해마다 꼭 하는 크리스마스 행진은 우리에게 아주 중요한 잔치였고, 그것을 놓치는 사람은 거의 없었다. 이번 행진은 아주 특별했다. 우리 언니가 이동 무대차 가운데 한 곳에 서 있을 예정이었기 때문이다. 그것은 그냥 이동 무대차가 아니었다. 언니는 빨간 산타 복장을 한 키가 큰 남자와 함께 차에 타게 될 것이다. 언니는 산타와 함께 멋진 피날레를 장식할 것이다. 오늘 언니는 이 마을에서 유명해질 것이다. 우리가 언니의 식구들이니, 우리도 상당히 중요한 사람들이다.

엄마는 스스로 꾸짖으며 덧붙여 말했다.

"나는 아픈 아이들로 집을 꽉 채우고 싶지 않아."

그러더니 길 위를 흘끗 보았다. 엄마의 얼굴은 걱정으로 가득 차 있었다.

"팻은 꽁꽁 얼 것처럼 추울 거야. 파자마를 입고 저 무대차를 타다니! 아이고, 너희마저 얼어 죽게 내버려둘 수 없구나."

사실 우리가 얼어 죽을 일은 없었다. 우리는 추운 겨울 날씨에 대비해서 완전 무장을 했다. 바지를 입었고, 두꺼운 양말과 신발을 신었고, 코트도 입었고, 벙어리장갑도 꼈다. 그저 단지 모자만 깜빡 잊고 왔을 뿐이었다. '지구상에서 가장 인간적이고 양심적인'

우리 엄마는 우리가 모자를 쓰지 않는다면 아침이 오기 전에 마치 무슨 죽을병이라도 걸릴 것처럼 말했다.

가일, 데비, 그리고 나는 계속해서 재잘거렸고 깔깔거리며 웃었다. 우리는 행진 시작을 알리는 경찰차가 보이기를 바라면서 목을 길게 빼고 바라보았다. 우리는 모자를 쓰지 않은 것에 대해서는 전혀 신경을 쓰지 않았다. 우리는 그저 행진을 보고 싶은 마음뿐이었다. 하지만 엄마는 다른 계획이 있었다.

다음 순간 엄마는 동전 지갑을 꺼내서 남김없이 잔돈을 세더니 길 건너에 있는 '10센트 상점'을 바라보았다. 엄마는 거리를 살폈다.

"너희 셋, 여기 꼭 서 있어. 다른 데 가면 안 돼. 금방 돌아올 테니까."

엄마는 단호한 표정을 지었다.

"어디 가는데요?"

우리는 큰 소리로 물었다.

"머리에 쓸 스카프 사러 10센트 상점에 갔다 올게. 머리에 아무 것도 쓰지 않으면 감기 걸려."

엄마는 굳게 말했다.

"우리는 스카프 필요 없어요!"

우리는 한입으로 불평했다. 할 수 있는 푸념과 불평은 다 했지만 소용없었다. 끔찍하지 않은가! 이제 며칠만 있으면 1960년이었다. 그때 여자 아이들은 머리에 스카프를 두르지 않았다! 스카프는 할머니 같은 노인이나 우리가 집에 두고 온 귀여운 모자를 뜰 여유가 없는 가난한 사람들이나 사용하는 것이었다. 정말로 엄마는 그런 것을 우리에게 씌우려는 것일까?

아무런 머뭇거림도 없이 엄마는 길을 건너서 10센트 상점으로 사라졌다. 마치 엄마는 어떤 미션을 수행하는 사람 같았다. 이미 엄마의 마음은 확고부동해서 막을 수는 없었다. 엄마는 스카프를 머리에 쓸 것이고, '눈 위에 서리가 덮이는' 격으로 우리도 그래야 했다.

우리는 인도에 서서 앞으로 우리의 운명이 어떻게 될지에 대해서 토론했다.

'스카프를 쓰면 참 바보 같아 보일 거야.'

'학교 친구들이 우리를 보면 어쩐다지?'

가엾은 우리의 신세를 생각하자 눈물이 나왔다. 우리는 팔짱을

긴 채로 뿌루퉁해졌다. 방금 그렇게 빛나 보이던 가게의 전시품들도 아까만큼 밝게 빛나 보이지 않았다. 마치 누군가가 흐릿한 불을 켜놓은 것 같았다. 왜 우리 엄마는 그렇게……, 그렇게도 엄마다워야 한단 말인가?

10분도 채 안 되어 엄마는 쇼핑백을 들고 가게에서 나왔다. 의심할 것도 없이 쇼핑백에는 우리의 운명을 가를 섬뜩한 머리 장식품이 들어 있을 것이다. 사람들은 우리가…… 가난하다고 생각할 것이다. 우리는 집 없는 아이들처럼 보일 것이다. 거리의 아이라고 놀려대며 괴롭히지나 않을까?

그런데, 엄마 손에 뭔가가 들려져 있었다.

'어, 가만 있자. 저게…… 뭐지? 그래, 바로 그거다'

엄마는 방금 튀긴 따뜻한 버터 팝콘 세 봉지를 들고 있었다. 이것은 전례가 없는 선물이었다. 우리의 뿌루퉁해진 표정은 금방 환한 미소로 바뀌었다. 밝은 빛이 우리 세상으로 돌아왔다.

우리 마을이 전에는 이렇게 화려한 크리스마스 장식품들을 뽐낸적이 없었다. 또 마을의 겨울 공기가 이렇게 깨끗하고 신선한 적도 없었다.

흥분해서 지켜보고 있을 때 엄마는 서둘러 길을 건너서 우리에게 봉지 하나씩을 건네었다. 우리가 버터로 튀긴 맛있는 팝콘을 먹는 동안 엄마는 우리 머리에 스카프를 매어주었다. 맨 마지막으로 엄마가 내 턱 밑에서 스카프 매듭을 지어줄 바로 그때 우리는 경찰차의 사이렌 소리를 들었다. 행진이 시작된 것이다.

마지막 무대차가 지나갈 때쯤 우리의 손이 팝콘 봉지 밑바닥에 닿았다. 이제 팝콘은 거의 다 먹었다.

빨간 바탕의 하얀 줄무늬 파자마 윗도리에 빨간색 파자마 바지와 꼬마요정 모자를 쓴 언니는 산타 옆에 자랑스럽게 타고 있었다. 우리는 '1마일 반경에 있는 둘레 사람들에게' 무대차 위에 있는 사람이 바로 우리 언니라고 야단법석을 떨었다.

우리 옆에서 엄마는 지갑을 든 두 손을 꼭 잡고 자신의 딸을 바라보았다. 입술에는 감격의 미소를 머금고 있었다. 지갑 안은 텅 비어 있겠지만 엄마의 큰딸은 오늘 유명해졌고, 어린 세 딸들은 이제는 머리에 쓰고 있는 것조차도 기억하지 못하는 스카프를 두르고 따스함을 느끼고 있다. 엄마는 자신의 두 어깨를 자랑스럽게 똑바로 폈다. 엄마는 자신의 마지막 동전까지 써야 할 때를 알고 있었다.

CLASSIC CHRISTMAS STORY

저를 당신께 드립니다

CLASSIC CHRISTMAS

STORY

19

반값에 산
행복

강아지를 사면 안 되는 까닭이 몇백 가지는 되었다.

하지만 크리스마스이브 아닌가.

또 저 강아지는 틀림없이 내 품을 좋아할 것이다.

나는 강아지를 사고야 말았다.

많은 사람들에게 크리스마스는 한 해의 그 어느 때보다도 행복한 때라고 할 수 있을 것이다. 그런데 누구에게나 행복한 시간이 되는 것은 아니다.

나는 서른아홉 살에 내 인생에서 처음으로 슬픈 크리스마스를 맞이했다. 1983년, 크리스마스를 나흘 앞두고 아버지가 암으로 돌아가셨다. 의사들은 아버지가 5년은 더 사실 거라고 했다. 하지만 아버지는 5개월밖에 더 살지 못했다.

이 소식을 들은 나는 비행기를 타고 찬바람이 휘몰아치는 서부 버지니아로 향하였다. 아버지의 장례식에 참석하기 위해서였다. 크리스마스가 며칠 안 남았기에 내 주위 사람들은 선물 꾸러미를 잔뜩 들고 있었다. 나는 무거운 마음으로 자리에 앉았다. 비행기가 집에 점점 더 가까워지자 아버지 생각에 자꾸 눈물이 흘러내렸다.

이듬해 크리스마스이브에 나는 막바지 쇼핑을 하느라고 마을로 차를 몰고 나갔다. 운전을 하면서 지난 크리스마스의 기억이 가슴

에 밀려들었고, 결국 눈물을 흘리고 말았다. 내가 애완동물 가게에
도착했을 때는 가게들이 거의 문을 닫기 시작하였다. 감성적이 된
나는 사랑스러운 기니피그를 살 생각을 했다.

"안녕하세요, 스트어트?"

나는 계산대 뒤에 서 있는 가게 주인에게 말했다. 그녀는 웃어주
었고, 우리는 곧 대화 속으로 빠져 들어갔다. 우리는 함께 걸으며
얘기를 하면서 가게 안을 대충 훑어보았다. 가게는 크리스마스 분
위기를 한껏 냈다.

"기니피그는 없어요?"

나는 기대를 하며 물었다.

"죄송합니다."

"음, 그럼, 나중에 아들을 데리고 와야겠네요. 그 애는 동물을
좋아하거든요."

내가 막 떠나려고 하는데 어디선가 낑낑거리는 소리가 들려서
둘러보았다. 우리 뒤쪽에 있는 검은색 작은 강아지가 눈에 띄었다.
강아지가 다시 낑낑거리자 나는 "다시는 개를 키우지 않겠다"고
했던 다짐을 생각했다. 플로리다 기후는 도저히 벼룩을 어찌해 볼

도리가 없기 때문이었다. 하지만 나는 그 강아지를 소유하고 싶은 마음을 억누를 길이 없었다.

주인은 우리에서 강아지를 꺼내어 계산대 위에 올려놓았다. 1분도 채 안 되어 이 작은 푸들 강아지는 내 마음을 사로잡았다. 나는 지갑에 있는 50달러짜리 지폐를 생각하며 얼굴을 찌푸렸다. 그 돈으로 강아지를 사기에는 턱없이 모자랄 터였기 때문이다.

"토이 푸들인가요?"

내가 물었다.

"네."

"증명서 있죠?"

주인은 고개를 끄덕였다.

"반값에 깎아 팝니다."

'좋아, 반값에 판다고? 한 300달러쯤 되려나.'

나는 속으로 생각하며 강아지를 매만지면서 물었다.

"그럼, 얼만가요?"

"50달러입니다."

'헉!'

나는 눈을 크게 뜨고 가게 주인을 향해 몸을 돌렸다.

"50달러라고요?"

주인은 다시 한번 고개를 끄덕이면서 강아지의 머리를 쓰다듬었다.

"세금은요?"

"포함해서요."

나는 곰곰이 생각했다.

"네, …… 그리고 먹이도 사야겠네요."

"크리스마스 앞뒤로 지낼 만큼 넉넉히 드릴게요."

그녀가 재빨리 대답했다.

나는 멈칫했다. 이 강아지를 사면 안 되는 까닭이 몇백 가지는 되었다. 하지만 크리스마스이브 아닌가. 또 저 강아지는 틀림없이 내 품을 좋아할 것이다. 나는 그 강아지를 사고야 말았다.

차에 올라타자마자 강아지는 내 품 안으로 기어 들어와서 내 어깨에 두 발을 갖다 댔다. 운전하기에 좋은 자세가 아니었다. 하지만 강아지는 같은 자세로 14년 동안 내 차를 함께 타고 다녔다.

사람들은 사랑은 돈으로 살 수 없다고 말한다. 하지만 난 그 말을 믿지 않는다. 난 돈으로 사랑을 살 수 있다고 믿는다. 가끔씩은 반값으로 그것을 얻기도 한다.

CLASSIC CHRISTMAS

STORY

———

20

Classic Christmas 스 무 번 째 이 야 기

트리 의상

연극이 끝나갈 무렵 나는 의상의 무게뿐만 아니라

아이들이 내 의상 위에 붙인

크리스마스 장식품의 무게까지 견뎌야만 했다.

엎친 데 덮친 격으로 나는 다른 배역들처럼 앉을 수도 없었다.

크리스마스가 가까워지면 내 마음은 그 옛날의 크리스마스로 옮겨간다. 내가 다닌 초등학교는 4학년까지는 언제나 12월 한달 동안 학부모회를 위한 크리스마스 연극을 했다.

2학년 때 우리 반은 "어떻게 소나무가 사랑받는 크리스마스트리로 선택되었는지"에 관한 연극을 하기로 했다. 느릅나무, 단풍나무, 너도밤나무 등의 역을 할 아이들이 선택되었다. 나는 소나무 역을 맡았다. 이것은 내가 반에서 가장 작은 아이였기 때문에 무척 흥미 있는 일이었다.

크리스마스트리가 된 것은 영광스러운 일이었지만, 내 배역에 맞는 연극 의상을 만들어야만 하는 엄마에겐 조금 부담이 되었다. 엄마는 소나무를 닮은 의상을 만들 방법에 대해 곰곰이 생각하고 또 생각했다. 마침내 엄마는 꽤 무거운 재료인 녹색 주름종이로 의상을 만들기로 했다.

엄마는 주름종이로 옷을 만들면서 나와 주름종이를 셀 수 없이 번갈아 바라보았다. 엄마가 지그재그 모양으로 주름종이 크리스마스트리를 두 개 잘랐을 때, 정확히 내 키와 똑같았다. 엄마는 두 개를 함께 꿰맨 후 얼굴만 나오게 구멍 하나를 뚫고 두 팔이 나올 구멍을 양쪽에 하나씩 오렸다.

그것은 놀랍게도 내게 딱 맞았지만 내가 누구인지 아무도 알 수 없었다. 연극하는 내내 내 두 뺨은 붉은빛을 띠었다. 나는 선생님이 진정으로 나를 좋아했기 때문에 나를 선택했다는 사실을 알고 있었다. 그래서 내가 느릅나무나 단풍나무가 아니라서 다행이라고 생각했다. 다른 나무 역을 한 아이들은 모두 그들의 의상 속이 다 훤하게 비쳤기 때문이었다.

연극을 하는 동안 내 역할은 오랫동안 무대에 서 있는 것이었다. 크리스마스트리를 고를 사람이 다른 모든 나무들을 둘러보고 왜 그들을 선택할 수 없는지를 말하는 동안 난 아무 말도 못한 채 꼼짝없이 서 있어야 했다. 그러다가 나에게 다가와서 나를 '베는' 척한 뒤, 함께 집까지 걸어가서 나는 장식품으로 치장되었다.

연극이 끝나갈 무렵 나는 의상의 무게뿐만 아니라 아이들이 내 의상 위에 붙인 크리스마스 장식품의 무게까지 견뎌야만 했다. 엎친 데 덮친 격으로 나는 다른 배역들처럼 앉을 수도 없었다. 대신

에 나는 '눈길을 받으면서' 그곳에 서 있어야만 했다.

내가 주름종이 크리스마스트리 역을 한 뒤로 벌써 55년이란 세월이 흘렀다. 나는 지금도 그때 내 발갛게 달아오른 얼굴과 당황해했던 기억이 떠오른다. 분명히 그 세월 동안 많은 일들이 일어났다. 그 가운데 가장 슬픈 것은 엄마가 돌아가셨을 때였다.

유품을 정리하면서 나는 '린의 아기 때 물건들'이란 딱지가 붙은 상자를 하나 찾아냈다. 엄마가 나를 위해 특별히 상자를 남겨 놓았다는 생각에 눈물이 흘러내렸다. 상자를 열자 맨 처음 눈에 들어온 것은 녹색 주름종이 크리스마스트리 의상이었다. 단 한 땀도 풀리지 않고 고스란히 간수한 상태였다. 테이프 조각들도 다시 장식품들이 붙여지기를 기다린 듯이 그 자리에 그대로 있었다.

나는 팔에 그 옷을 걸치고 지난 일을 생각했다. 주름종이를 내 몸에 대보던 엄마의 얼굴, 바느질하면서 안전핀을 입에 물고 있던 엄마의 모습이…… 떠올랐다. 연극을 하는 내내 엄마의 얼굴에 깃든 기쁨. 연극이 끝난 뒤 뜨겁게 축하해 주던 엄마의 밝은 웃음. 트리 역을 잘 해냈다며 나를 자랑스러워했던 것도 또렷하게 떠올랐다.

요즘 주름종이는 55년은 고사하고 아이들의 의상으로 하룻밤도 지탱하지 못할 것이다. 세월이 흐르면서 모든 것이 변했다. 심지어 크리스마스까지도. 나는 엄마가 나를 위해 간직한 내 과거의 보물들로 가득 찬 상자를 영원히 잊지 못할 것이다.

CLASSIC CHRISTMAS

STORY

21

창밖에 펼쳐진
선물보따리

내 주위로 이웃들도 나왔다. 내 아들과 손자는 장난치며 놀았다.

그들은 눈사람을 만들고 눈싸움도 했다.

이웃들은 거리로 나갔다.

어른들도 장난치며 만나는 사람마다

"이게 믿겨지나요?", "메리 크리스마스"를 외쳐댔다.

크리스마스 한 달 전 나는 장기 일기예보를 보기 위해 농사 달력Farmer's Almanac을 찾아보았다. 나는 늘 영화나 크리스마스카드에서 본 화이트 크리스마스를 그리워했다. 올해는 꼭 내가 바라는 크리스마스가 되기를! 농사 달력이 남부 텍사스의 이번 겨울은 혹독할 거라는 예상을 내놓은 이후 화이트 크리스마스가 되게 해 달라는 내 꿈이 이루어지기 위해 내가 할 수 있는 일은 기도뿐이었다.

식구들은 내 꿈을 얘기하자 모두 웃었다. 그들은 눈을 보고 싶으면 메인 주로 여행을 떠나라는 말을 했다. 여행은 말도 안 되는 일이었다. 그래서 나는 기도했다…….

크리스마스 이틀 전에 지역 신문의 일기예보는 눈이 올 가능성을 내비쳤다. 나는 그 기사에 동그라미를 쳐서 내 아들 얼굴에 자랑하듯이 흔들어 보였다. 크리스마스이브 저녁을 준비하면서도 나는 몇 분 간격으로 계속해서 창밖을 내다보았다. 내가 두려워한 것은, 실제로 눈이 왔는데 땅에 내리자마자 녹아서 혹시 내가 눈이

내린 사실을 알지 못하는 것 아닌가 하는 것이었다. 오, 하지만 하느님은 신비로운 방식으로 일을 처리하신다. 내 기도는 그날 저녁 전화벨이 울렸을 때 효력을 나타냈다.

전화선을 타고 내 딸 드완이 소리쳤다.

"엄마, 눈이 와요!"

딸아이의 목소리는 경이롭게 들려왔다. 나는 현관으로 뛰어갔다. 진눈깨비가 내리고 있었다.

실망한 나는 잠시 지켜보다가 부엌으로 돌아갔다. 5분 뒤에 나는 현관문을 열고 다시 살펴보았다. 뭔가 변화가 있었다. 얇은 하얀색 층이 바닥과 현관 계단을 덮었다. 좀 더 자세히 살펴보니 차가운 흰색 층이 진눈깨비라기에는 무척 복슬복슬했다. 나는 가로등을 바라보았다. 소용돌이치는 입자들이 불빛 아래서 춤을 추고 있었다.

"눈이다!"

나는 다시 안으로 들어가서 아들을 큰 소리로 불렀다. 난로를 끈 뒤 나는 마당으로 뛰어나가서 두 손을 벌려 눈을 맞았다. 나는 혀로도 눈을 맛보았고, 눈이 어깨 위에 쌓이는 것을 기쁜 마음으로 지켜보았다. 그리고 소용돌이치며 휘날리는 흰 눈을 올려다보았다. 내 기도에 답을 해 주신 하느님이 고마웠다.

내 주위로 이웃들도 나왔다. 내 아들과 손자는 장난치며 놀았다. 그들은 눈사람을 만들고 눈싸움도 했다. 이웃들은 거리로 나갔다. 어른들도 장난치며 만나는 사람마다 "이게 믿겨지나요?", "메리 크리스마스"를 외쳐댔다.

지난 8년 동안 우크라이나에서 혹독한 겨울을 경험한 내 아들 벤은 재빨리 이웃들에게 자동차 엔진이 어는 것을 막기 위해서 앞 유리 와이퍼를 올려놓는 방법을 알려주었다. 이 것은 남부 텍사스에서는 처음으로 배우는 것이었다. 우리는 또 눈이 우리의 테니스화를 깨끗하게 해 준다는 사실도 알았고, 식물을 격리시켜 보호해 준다는 사실도 알았다. 그리고 눈사람을 만들려면 커다란 눈뭉치가 필요하다는 것도 알았다. 이제 나는 북부 사람들이 우리 남부의 해변에 와서 모래성을 쌓으려는 마음도 헤아리게 되었다!

무척이나 재미있게 논 뒤에 나는 목도리와 모자, 그리고 따뜻한 코트가 필요하다는 것을 깨달았다. 그때 마침 전화벨이 울려 일단 안으로 들어갔다. 딸 스테프니한테서 온 전화였다. 딸아이는 영화를 보다가 나와서 겨울의 동화나라로 들어왔다고 했다. 딸아이의 목소리에 깃든 믿을 수 없는 놀라움은 아주 값진 경험이 될 것이다. 전화를 끊은 뒤 나는 눈이 아마 마을 동쪽에도 내리고 있지 않을까 하는 생각이 스쳤다. 사촌에게 전화를 걸어 눈이 오는지 밖을 내다보라고 했다. 그녀의 의심스러운 목소리가 바로 환한 기쁨으로 바뀌었고, 그녀의 식구들에게도 지금 밖에 무슨 일이 일어나고 있는지가 전해졌다.

그날 밤 나는 알람을 새벽 다섯 시에 맞춰 놓았다. 그리고 일어나자마자 곧 창문으로 향했다. 혹시 밤새 눈이 녹았을까봐 몹시 걱정되었다. 나는 기적을 바라고 기대하는 것 자체가 선물이라고 내 자신을 일깨웠다.

커튼을 젖혔다. 마치 하느님이 커다란 선물 보따리를 풀어놓은 것 같은 모습이 내 앞에 나타났다. 창문 밖 모습은 내가 본 그 어떤 크리스마스 풍경보다 아름다웠다. 내 오랜 바람이 이루어졌다! 모든 것들이 20센티미터나 내린 눈 위에 펼쳐져 있었다.

STORY

22

한 낯선 사람의
마음을 기억함

"뭐가 필요하세요?"

"아뇨. 그냥 당신들이 우리 마을에 온 걸 환영하고 싶어서요."

크리스마스가 얼마 남지 않았다는 조짐인 듯 밤 날씨가 몹시 매서웠다. 이제 현관 앞에 '마구간 장면' 세트를 장식할 때가 왔다. 작은 조각상들이 단단하게 언 채로 새해 봄이 오기까지 그곳에 머물게 될 것이다. 그런 다음 우리는 신문에 조각상들을 싸서 다음 크리스마스가 돌아올 때까지 잘 간수해 둘 것이다.

가장 큰 조각상은 거의 30센티미터 정도 되는데, 재료는 도자기다. 마구간은 거칠거칠한 나무로 만들어졌다. 조각상들은 깨지기 쉬워서 지난 14년 동안 대부분 일부가 부서져 수선을 한 상태이다. 이제 낙타만 성한 상태로 남아 있다. 양치기들 가운데 하나가 이미 예전에 부상당한 요셉을 부축하고 서 있고, 아기 예수는 손을 하나 잃었다.

우리는 14년 동안 한 해도 거르지 않고 현관 밖에 조각상들을 세워 놓았다. 이것은 꼭 크리스마스를 축복하기 위한 것만이 아니라 한 낯선 사람의 친절함을 기억하고 떠올리기 위해서였다. 우리는 이 조각상 세트를 아주 멋진 방법으로 갖게 되었다.

예전에 우리는 머스케고 마을에 딱 넉 달간 산 적이 있었다. 그 기간에 크리스마스가 끼어 있었다. 우리는 늘 도시에서 살았기에 부엌 탁자에 앉아서 창문 밖 이웃의 소들에게 적응하는 일 따위에 시간이 필요했다. 우리는 좀 외롭고, 크리스마스를 잃어버린 것 같은 마음이었다. 아이오와 주에 살고 있는 이웃이 얼마나 그리웠는지 몰랐다.

어느 날 저녁, 밖을 내다보는데 낯선 사람이 우리 집 앞에 주차해 놓은 픽업트럭을 향하여 우리 차고에서 돌진하듯이 뛰어나오는 것이 보였다. 나는 문으로 가서 소리쳤다.

"뭐가 필요하세요?"

"아뇨. 그냥 당신들이 우리 마을에 온 걸 환영하고 싶어서요."

남자는 트럭에 올라타면서 대답했다. 그는 차를 후진한 다음 속도를 내며 어둠 속으로 사라졌다.

차고 쪽을 흘끗 보았는데 문 앞에 상자 세 개가 놓여 있는 것이 눈에 띄었다. 그곳으로 가서 상자를 열어보니 나무로 만든 마구간과 조금 낡았지만 전혀 손상되지 않은 조각상이 들어 있었다. 나중에 우리는 그 낯선 사람의 이름이 밥이라는 사실과, 그가 온 동네

에 인정 많기로 소문이 난 사람이란 것을 알았다. 늘 이름 없이 하
는 그의 선행은 서로 모든 것을 다 아는 이 마을에서는 '전설'과
같았다.

처음에 우리는 이 조각상 세트를 거실의 크리스마스트리 밑에
놓았지만 어쩐지 좀 우리만 생각하는 행동이라는 생각이 들었다.
그래서 우리는 이것들을 갖다가 현관 밖에 놓았다. 그리고 그것이
계기가 되어 우리는 해마다 조각상 세트를 그곳에 놓게 되었다. 조
각상들을 바깥에 내놓는 일이 좀 께름하긴 했지만 다른 사람들도
이것을 즐기기를 바라는 마음이 컸기 때문이다.

우리는 14년 전, 한 낯선 사람이 우리에게 준 따뜻한 마음을 다
른 사람들에게도 전해 주고픈 작은 바람으로 앞으로도 조각상 세
트를 그곳에 놓아둘 것이다. 크리스마스가 우리에게 해마다 찾아
오는 한······.

CLASSIC CHRISTMAS

STORY

———

23

크리스마스를
구해 준 개

비틀거리며 한참 동안 산허리를 내려왔다.

오랫동안 내려왔는지,

나는 시간이 영원히 지속될 것만 같았다.

나는 지쳐갔고, 두려웠다.

아칸소 포트스미스에서 어린 시절을 보낸 나는 마을 사람들이 사람을 구한 개에 대한 이야기를 해 주는 것을 자주 들었다. 사람들은 대부분 적어도 자신들의 눈에 거의 인간처럼 비치는 개에 관한 얘기 한두 가지 정도는 알고 있었다.

우리 집에서 키우던 개 찬두도 특별했다. 찬두라는 이름은 내가 가장 좋아하는 라디오 주인공 이름을 따서 지어주었다. 강아지 시절부터 찬두는 남달랐다. 콜리와 양치기 개의 잡종인 녀석의 짙은 검정색 털은 목둘레와 꼬리 끄트머리의 하얀 털과 대비되어 더욱 돋보였다. 아빠 말에 따르면 녀석의 넓고 큰 두 눈은 총명함의 표시라고 했다.

우리 집에 온 첫날부터 찬두는 자신이 무엇을 해야 할지 정확히 아는 것 같아서 길들이기가 수월했다. 일단 간단하게 아빠는 녀석에게, "앉아", "그대로 있어", "이리 와", "누워" 등을 가르쳤다. 찬두는 사슬로 묶어놔도 받아들이긴 했지만 녀석은 그것을 톡톡 건드리며 우리에게 분명히 이렇게 말하는 표정을 지었다.

'정 이렇게 해놓고 싶다면 좋아요. 하지만 난 이런 것이 필요 없다는 것을 주인님도 알잖아요.'

정말로 녀석은 사슬이 필요 없었다. 녀석은 자신의 주인 왼쪽 뒤에 바짝 붙어서 따라오는 법도 빠르게 배웠다.

찬두는 차에 타는 것을 좋아했고, 시골 길을 오래도록 달리는 것도 좋아했다. 녀석은 우리가 산으로 놀러갈 때마다 함께 했다. 그리고 제2차 세계대전 중반이었던 1942년 크리스마스, 찬두는 우리 목숨을 구해 주었고 우리에게 크리스마스이브를 되돌려주었다.

크리스마스이브에 아빠는 트리를 구하기 위해 엄마와 나를 마을 북쪽 산으로 데려갔다.

아빠와 엄마가 열매가 잔뜩 달린 삼나무와 호랑가시나무를 베어서 오래된 스투드베이커 안에 싣는 동안 찬두는 왔다 갔다 하며 뛰어다녔다. 아빠가 바위 사이에 불을 지펴서 핫도그를 구워주었을 때 겨울 해가 밝게 빛나고 있었다. 일을 다 마친 우리는 구경삼아 힘들게 산등성이로 올라가서 멋진 산의 모습을 즐겼다. 찬두는 우리를 차례로 쫓아다니며 마음껏 뛰어놀았다.

시간이 얼마나 흘렀을까, 서쪽에서 갑자기 구름이 몰려왔다. 12월의 이른 땅거미가 행복한 오후에 내려앉았다. 우리는 아빠가 차를 주차해 놓은 곳을 향해서 내려오기 시작했다. 한참을 내려오는데 날이 빠르게 어두워졌고, 숲이 빽빽한 곳에서 아빠는 길을 잃고 말았다. 우리는 모두 불안에 떨었다. 빽빽한 숲속에서 으르렁거리는 들짐승 소리가 들려왔다. 겨울에 들짐승은 아주 위험할 수 있다. 빽빽한 덤불 밑에서 나는 뭔가 스치는 소리에 우리는 조마조마했다. 특히 찬두가 반응을 보이며 으르렁거릴 때는 더욱 불안했다.

아빠는 우리가 산허리의 높은 울타리를 넘어간 것을 기억해냈다. 하지만 더듬거리며 우리가 그곳을 찾았을 때 아빠는 어느 방향으로 가야할지 정확히 알지 못했다. 다른 길로 내려간다면 우리는 결국 우리 차에서 더욱 멀어질 수밖에 없었다. 그때 차가운 빗방울이 떨어지기 시작했다. 앞을 더욱 보기 힘들게 만든 것이다.

아빠는 무릎을 꿇고 찬두의 얼굴을 두 손으로 잡은 다음 녀석의 두 눈을 깊이 바라보면서 말했다.

"찬두야, 우린 길을 잃었어. 차를 찾아. 집으로 가는 길 말이야. 집말이야, 알았지?"

찬두는 우리 얼굴을 빤히 바라보더니 우리가 서 있는 둘레의 땅에 코를 대고 킁킁거렸다. 그러더니 녀석은 머리를 들고 늦은 오후의 냄새를 코로 들이쉬었다.

"가자, 찬두. 우릴 집으로 데려다 줘."

아빠가 거듭 말했다.

녀석이 아빠와 함께 앞장을 섰고, 나와 엄마는 손을 꼭 붙잡으며 바짝 뒤를 따랐다. 나는 길을 잃은 것이 걱정되었다. 하지만 크리스마스이브에 아무도 집에 없다면 산타클로스가 우리 집을 그냥 지나칠 것이 더욱 더 걱정스러웠다.

비틀거리며 한참 동안 산허리를 내려왔다. 얼마나 오랫동안 내려왔는지, 나는 시간이 영원히 지속될 것만 같았다. 나는 지쳤고, 두려웠다. 어린 여자 아이인 내게는 몹시 무서운 상황이었다. 찬두를 따라가는 것도 아주 느렸다. 녀석은 우리가 자기와 함께 있는지를 확인하려고 몇 걸음 걷다가 멈추어서곤 했다. 우리가 산을 일군 땅과 도로를 경계 짓는 울타리 사이에 다다랐을 때 찬두의 털이 곤추서더니 으르렁거리기 시작했다.

근처 덤불 밑에서 나뭇가지들이 물어뜯기고 세차게 몰아쉬는 소리가 들려오자 아빠가 멈추어서 뒤를 돌아보았다.

"뛰어!"

아빠가 소리쳤다. 우리는 이 소리를 듣고 울타리로 온힘을 다해 내달려 거의 상상도 못할 시간에 울타리 위로 올라갔다. 찬두는 그대로 서 있었다. 녀석의 털은 등을 따라 곤두섰고, 덤불을 짓밟아 뭉개고 있는 무서운 짐승을 향하여 사납게 짖어댔다. 안전하게 길로 나온 우리가 뒤를 돌아보았을 때 덤불 속에서 야생 멧돼지의 희미한 윤곽이 보였다.

찬두는 아빠가 "이리와, 찬두!" 하고 부를 때까지 꼼짝 않고 서 있었다.

찬두는 우리가 차 가까이 안전하게 서 있는 모습을 흘끗 보았다. 마지막으로 찬두는 쉬지 않고 짖어대며 돌아서서 쉽게 울타리를 뛰어넘었다. 우리가 녀석에게 달려들어 끌어안고 칭찬을 해 주자 끄트머리가 하얀 꼬리를 흔들면서 우리 얼굴을 핥았다.

폭풍우 구름이 눈깜짝할 사이에 옮겨가더니 밤하늘의 별이 봉홧불처럼 구름들 사이로 얼굴을 내밀었다. 아빠가 차 옆에 쪼그리고 앉아서 담배에 불을 붙였을 때, 찬두가 어느 순간 아빠에게 기대오고, 아빠의 두 눈에 눈물이 맺히는 것이 보였다. 찬두와 나는 뒷자리에 올라타 춥고 축축한 몸을 서로 기대며 아빠가 차의 시동을 켜기도 전에 벌써 잠이 들었다.

아빠와 엄마는 때때로, 자신들이 진주로 만든 천국의 문 앞에 갔는데 함께 키우고 사랑한 모든 개들과 고양이들이 엄마와 아빠를 환영하기 위해 모이지 않는다면 자신들은 그 안으로 들어가지 못한다고 말했다. 만약 내가 천국의 문 앞에 갔는데 찬두가 나를 환영해 주지 않는다면, 나는 그곳에 서서 내 가장 친한 친구였고 아주 오래 전 크리스마스이브에 우리를 구해 준 찬두를 기다려야 할지도 모른다.

CLASSIC CHRISTMAS

STORY

24

어린 제자의
선물

"저기, 이거요, 선생님. 선물이에요.
선생님께 드릴 선물 살 돈이 없어서 제가 만들었어요.
마음에 드셨으면 좋겠어요."

나는 뉴멕시코의 작은 시골 마을 텍시코에서 처음으로 아이들을 가르쳤다. 그곳 주민들은 마을을 사랑하고 자랑스럽게 여겼으며, 아직 젊은 새내기 선생인 내게 멀리서부터 허리를 구부리고 존경의 인사를 하며 항상 무엇인가 도움을 주려 했다. 날마다 1백 킬로미터가 넘는 길을 출퇴근하던 시절이었지만 그 마을 사람들은 내게 잊을 수 없는 강렬한 기억을 남겼다.

마을의 기름진 농장에서 자라고 길러진 것들은 모든 마을 사람들의 얼굴에 생기를 돌게 하고 몸에 활력을 주었다. 우유, 옥수수빵, 과일과 채소, 달걀 등의 풍요로움은 3학년 어린 아이들의 뼈를 튼튼하게 해줬다. 우리는 날씨에 상관없이 날마다 밖으로 나가서 놀았고, 정말이지 1년 내내 학교에 빠지는 아이들 하나 없었다.

아이들을 가르친 첫해를 되돌아보면 그 작고 멋진 마을이 나에게 준 축복을 소중히 생각할 수밖에 없다. 그 가운데 한 가지 기억은 그 어떤 것보다도 내 가슴 속에 깊이 새겨져 있다. 그 생각을 하면 아직도 눈물과 감동이 복받친다.

크리스마스 철이었다. 아이들은 저마다 누군가와 교환할 선물을 가져왔다. 아이들은 앞에 놓인 선물을 열어보고 싶어서 안달이 났다.

"셋까지 세자."

내가 말했다.

"하나, 둘, 셋!"

나는 소리쳤다.

여기저기서 선물을 풀며 감탄하는 소리가 들려왔고, 풍요로움과 뿌듯한 느낌이 내 가슴을 따뜻하게 해줬다.

"이것 좀 봐!"

한 아이가 말했다.

"와우, 내가 딱 원하는 거잖아!"

다른 아이가 말했다.

나도 아이들 사이로 걸어가 그 환희에 함께 하면서 다시 어린아이가 된 듯한 느낌이었다. 나는 아이들이 선물을 풀고 그것을 즐길 수 있는 시간을 충분히 주면서 기다렸다.

"자, 이제 선생님 차례야. 내가 지나가면서 선물을 주는 동안 모두 눈을 감고 있어야 해."

귀여운 스물다섯 명 아이들이 조용히 고개를 숙였다.

"엿보면 안 돼."

나는 아이들 하나하나 앞에 포장한 선물을 조심스럽게 놓았다. 나는 여기저기서 살짝 엿보는 눈들을 보았다. 어떤 아이들은 두 팔 사이로 엿보기도 했고, 어떤 아이들은 눈을 반쯤 떠서 몰래 살펴보기도 했다.

마지막 선물을 놓자마자 나는 뒤돌아서서 말했다.

"자, 됐어. 눈을 떠도 좋아!"

즐거움으로 외치는 소리가 교실 안에 떠들썩하게 울려 퍼졌다. 아이들은 눈깜짝할 새에 선물을 풀어서 안에 든 것들을 꺼냈다. 메모장, 크레용, 연필, 책, 캔디 케인, 간단한 장난감 등이 아이들을 그토록 기쁘게 할 줄 누가 생각이나 했을까? 순간 어린 천사들이 달려 나오더니 나를 안고 고맙다는 말을 했다.

잠시 뒤, 방학식을 마치고 아이들을 집으로 돌려보냈다. 그때 팀미가 새 크레용으로 뭔가를 부지런히 그리는 모습이 보였다. 나는 그에게 버스를 놓치지 말라고 일깨워주었다.

"거의 다 끝나가요."

팀미는 눈을 반짝이면서 말했다. 그림을 좀 더 그리는가 싶더니 팀미는 공책 한 장을 찢어 내게 주었다.

"저기, 이거요, 선생님. 선물이에요. 선생님에게 줄 선물 살 돈이 없어서 제가 만들었어요. 마음에 드셨으면 좋겠어요."

그것을 보자…… 내 두 눈에 눈물이 고였다. 팀미와 내가 손을 잡고 있는 그림이었다. 팀미는 방학 전 마지막 시간을 이 특별한 선물을 만들면서 보낸 것이다. 그림 한쪽에는 이렇게 쓰여 있었다. "클레이톤 선생님과 팀미".

가슴이 벅차올랐다. 종이 맨 밑에는 굵은 글씨로 이렇게 쓰여 있었다.

"저를 선생님께 드립니다I Give You Me!"

그보다 더 좋은 선물을 받은 적이 있었던가? 팀미는 자기와 나 사이의 조건없는 사랑으로 가득 찬 선물을 내게 주었다. 나는 사랑하는 어린 아이에게서 천사를 보았고, 예수님을 보았고, 크리스마스의 참뜻을 깨닫게 되었다.

'아기 예수에게 내가 줄 수 있는 것은 무엇일까? 나를 구하러 세상으로 온 그분에게 내가 줄 수 있는 것은 무엇일까?

나는 내 제자 팀미처럼, 나를 사랑하고 또 내가 사랑해야 할 이의 손을 잡고 있는 그림을 그리고 싶다. 하느님이라도 좋고, 오랜 친구라도 좋고, 가난한 이웃이라도 좋다. 그리고 그 위에 이렇게 쓰고 싶다.

"저를 당신께 드립니다I Give You Me!"

CLASSIC CHRISTMAS

글쓴이들

헬렌 스지맨스키
Helen Szymanski

헬렌 스지맨스키는 작가이자 글쓰기 전문가로 대학과 단체에서 활동하고 있으며, 여러 신문·잡지 등에 칼럼과 단편을 발표하고 있다. 현재 미국 미시간 주 밀란에서 살고 있다.

J. 호간 클락
J. Hogan Clark

「어느 낯선 사람의 크리스마스 선물」을 쓴 J. 호간 클락은 해군 정보국에서 일했고, 현재 미주리 주 세달리아에서 프리랜서 작가·작사가로 활동하고 있다.

레슬리 J. 와트
Leslie J. Wyatt

「글쎄, 나도 놀라운데……」를 쓴 레슬리 J. 와트는 작가이자 프리랜서 기고가로, 많은 글들이 좋은 평가를 받으며 여러 작품집에 실렸다. 중년층을 위한 역사 소설 *Poor Is Just a Starting Place*를 출간하여 높은 평가를 받았다. 현재 미주리 주의 시골 마을에서 자연주의적인 삶을 살고 있다.

수잔 워링
Suzanne Waring

「보잘것없는 내게」를 쓴 수잔 워링은 오랫동안 대학에서 일한 뒤 글쓰기에 전력하고 있다. 여러 신문과 잡지 등에 주로 단편을 발표하여 좋은 평가를 받고 있다.

웨이 R. 월러스
Way R. Wallace

「빨간 자전거」를 쓴 웨이 R. 월러스는 대학 교수이자 작가이다. 여러 신문과 잡지에 작품을 발표하여 좋은 평가를 받고 있다.

르네 윌라 힉슨
Renee Willa Hixson

「아빠가 크리스마스에 집에 못 온다구?」를 쓴 르네 윌라 힉슨은 고등학교에서 영어를 가르치는 교사이자 작가, 프리랜서 기고가로 활동하고 있다. 어렸을 때 자주 이사를 다니면서 작은 마을의 갖가지 모습을 보고 겪은 체험이 작품에 많이 반영되고 있다. 유아교육 커리큘럼을 위한 이야기 시리즈를 많이 펴냈다.

레이 왕
Ray Wong

「행복한 얼굴」을 쓴 레이 왕은 작가이자 프리랜서 기고가로 활동하고 있다. 그의 글은 학생들의 삶에 변화를 주기를 원하는 선생님들에게 좋은 평가를 받으며 널리 읽히고 있다.

도나 선드브라드
Donna Sundblad

「불을 환하게 밝힌 나무」를 쓴 도나 선드브라드는 작가이자 칼럼니스트로서 여러 신문과 잡지에 단편과 기사, 정기적인 칼럼을 쓰고 있으며, 좋은 평가를 받은 작품들을 많이 발표하였다.

웬디 스튜어트-해밀턴
Wendy Stewart-Hamilton

「소박한 크리스마스」를 쓴 웬디 스튜어트해밀턴은 작가로, Inspired Life MInistres, Inc.의 창립자이다.

알 세라델
Al Serradell

「가장 멋진 크리스마스카드」를 쓴 알 세라델은 로스엔젤레스에서 태어났다. 언론인으로서 오클라호마와 콜로라도 신문 등에 글을 싣고 있으며, 글쓰기 전문가·강사로도 이름이 널리 알려졌다.

241

헬렌 뤼커
Helen Luecke

「별이 빛나는 밤에」를 쓴 헬렌 뤼커는 텍사스 주 아마릴로에서 살고 있다. 작가이자 프리랜서 기고가로, 기독작가협회 공동 창립자이기도 하다. 여러 신문·잡지 등에 단편과 기사, 경건 자료 devotionals 등을 발표하고 있다.

테리 미한
Terri Meehan

「함께 나눈 추억들」을 쓴 테리 미한은 작가이자 프리랜서 기고가로, 오하이오에서 태어나서 자랐고 현재는 영국 런던에서 영국인 남편과 함께 살고 있다. 여러 크리스찬 서적과 웹 사이트 등에 활발하게 글을 싣고 있다.

노마 훼이버
Norma Favor

「동전 종이봉투」를 쓴 노마 훼이버는 아이다호 산악 마을에 살면서 작가이자 프리랜서 기고가로 활동하고 있다. 그녀는 주로 가족을 주제로 한 이야기와 민간에 전해져 오는 이야기들을 발표하고 있다.

제월 존슨
Jewell Johnson

「백만장자를 위한 캐럴」을 쓴 제월 존슨은 아리조나 주에서 살고 있다. 작가이자 프리랜서 기고가로 여러 신문·잡지에 글을 발표하고 있으며, 대학과 단체에서 글쓰기 강사로도 일하고 있다.

패티 매티슨 리빙스턴
Patti Mattison Livingston

「오랫동안 거기에 그렇게」를 쓴 패티 매티슨 리빙스턴은 오리건 주 메드포드에서 태어났지만, 아버지의 직업 때문에 어린시절을 오리건, 아리조나, 캘리포니아를 돌아다니며 보냈다. 또한 결혼 이후에는 공군 파일럿인 남편과 여러 지역을 옮겨 살았다. 그녀는 이런 인생 역정이 주로 반영된 독특한 작품을 주로 발표하여 좋은 평가를 받고 있다.

도로시 L. 버세머
Dorothy L. Bussemer

「어미 개와 새끼 강아지」를 쓴 도로시 L. 버세머는 대학에서 경제학 등을 공부하고 국방부(펜타곤)에서 일하다 물러났다. 시인이자 작가로 많은 시와 단편을 발표하여 좋은 평가를 받고 있다.

실비아 브라이트-그린
Sylvia Bright-Green

「크리스마스의 기적」을 쓴 실비아 브라이트-그린은 작가이자 토크쇼 진행자로 유명하며, 위스콘신 주립대학에서 학생들을 가르치기도 한다. 단편과 칼럼, 기사 등을 여러 신문과 잡지에 기고하고 있으며, 'A Cup of Comfort'와 'The Rocking Chair Reader' 등의 시리즈에도 그녀의 여러 작품이 실려 있다.

산드라 맥캐리티
Sandra McGarrity

「스카프와 팝콘」을 쓴 산드라 맥캐리티는 작가이자 프리랜서 기고가로 버지니아 주 체사픽에 살고 있다. 'God Allows UTurns' 시리즈와 House Blessings, Virture, Personal Journaling, Learning Through History 등에 그녀의 작품이 많이 실렸다. *Caller's Spring, Woody* 등의 소설을 발표하여 좋은 평가를 받았다.

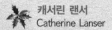

캐서린 랜서
Catherine Lanser

「집 안에 사는 도둑」을 쓴 캐서린 랜서는 위스콘신 주 메디슨에서 살고 있다. 프리랜서 기고가와 작가로 일하며, 주로 어린 시절에 관한 이야기를 발표하고 있다.

조이스 맥도널드 호스킨스
Joyce McDonald Hoskins

「반값에 산 행복」을 쓴 조이스 맥도널드 호스킨스는 전문 프리랜서 작가로 플로리다 주 스튜어트에서 살면서 여러 신문·잡지에 글을 발표하고 있다.

린 R. 하르츠
Lynn R. Hartz

「트리 의상」을 쓴 린 R. 하르츠는 작가이자 프리랜서 기고가로 버지니아 주 서부 찰스턴에서 살고 있다. 'A Cup of Comfort for Chirstmas' 와 'Small Miracles for Families' 등에 그녀의 작품이 많이 실려 있다. "And Time Stood Still", "Club Fed : Living in a Women's Prison", "Praise Him in Prison" 등의 빼어난 작품을 많이 발표했다.

데비 힐
Debbie Hill

「창밖에 펼쳐진 선물보따리」를 쓴 데비 힐은 제강회사의 간부이자 작가로도 활동하고 있으며, 남부 텍사스에서 살고 있다. 그는 특히 예술에 조예가 깊어 작품에 많이 반영되고 있다.

244

존 R. 구겔
Johy R. Gugel

「한 낯선 사람의 마음을 기억함」을 쓴 존 R. 구겔은 목사이자 프리랜서 작가로, 목회 활동을 하면서 좋은 작품을 꾸준히 발표하고 있다. 쓴 책으로 *Cries of Faith, Songs of Hope: Prayers for the Times of Our Life* 등이 있다.

마르시아 E. 브라운
Marcia E. Brown

「크리스마스를 구해 준 개」를 쓴 마르시아 E. 브라운은 텍사스 주 오스틴에서 프리랜서 작가로 활동하고 있다. 그녀는 특히 가족 이야기를 주제로 한 작품을 많이 발표하고 있다. 'Cup of Comfort' 와 'Rocking Chair Reader' 시리즈를 포함한 잡지 · 신문 · 작품 선집 등에 그녀의 작품이 널리 실리고 있으며, 작품마다 좋은 평을 얻고 여러 문학상을 받기도 했다.

조안 클레이톤
Joan Clayton

「어린 제자의 선물」을 쓴 조안 클레이톤은 31년 동안 교직에 몸담았다. 현재 뉴멕시코 주 포르탈레스에서 글쓰기와 목장 일을 하며 살고 있다.

이제 곧 크리스마스다.

사람들은 다양한 이유로 크리스마스를 즐기고 있다. 일부는 종교적인 이유로, 일부는 그저 축제의 의미로, 일부는 휴식의 의미로 제각각 즐기고 있다. 하지만 한번쯤 크리스마스의 진정한 의미에 대해서 생각해 봐야 하지 않을까?

요즘의 크리스마스는 친구들과 어울려 노는 문화가 팽배하다. 내 2, 30대 크리스마스를 생각해 보면 친구들과 어울려 노느라고, 함께 할 연인을 찾느라고 정신이 없었던 듯싶다. 물론 이런 행동이 다 나쁘다고 질타를 받을 수는 없는 노릇이다. 하지만 우리가 친구들과 어울리고, 연인과 다정스레 데이트를 하는 이 날에 대해서 진심으로 깊이 생각해 볼 필요가 있다.

크리스마스 축제의 필수 요소는 예수님이다. 모든 축제에는 중심 요소가 빠지면 빛을 잃기 마련이다. 크리스마스는 하느님의 아들 예수 그리스도가 우리와 같은 인간으로 태어난 경이로운 날이다. 크리스마스의 진정한 정신은 다른 사람의 기쁨을 위해 자신을 희생하고, 서로 사랑을 나누는 것이다. 그렇기에 크리스마스트리에 담겨 있는 진정한 뜻도 반사되는 눈의 역할과 하늘의 광명이고, 산타클로스도 사랑을 나누어 주러 이 복된 날에 이 세상으로 오는 것이다.

이제 올해의 크리스마스가 얼마 남지 않았다. 곧 나는 트리를 장식할 것이다. 이번 크리스마스 트리에는 내 소중한 가족들과 친구들의 마음을 장식하고 싶다.

권혁정

올긴이 **권혁정**은 영어영문학을 전공하고 학교에서 아이들을 가르쳤으며, 현재 전문 번역가로 활동하고 있다. 옮긴 책으로 『파르바나』, 『샌드위치와 친구』, 『책벌레 만들기』, 『우주전쟁』 등이 있다.

그린이 **이일선**은 홍익대학교와 같은 대학원에서 산업미술을 전공하고, 『톨스토이 단편선』, 『소금』, 『아름다운 7가지 비밀』, 『탈무드』를 비롯한 많은 책과 다양한 분야의 일러스트 작업에 참여하고 있다. 한국출판미술가협회 회원이며, 한국현대미술대전 추천작가이기도 하다.

 내 마음의 크리스마스

2006년 12월 2일 1판 1쇄 발행

엮은이 | 헬렌 스지맨스키
옮긴이 | 권혁정
펴낸이 | 엄건용
펴낸곳 | 나무처럼

출판등록 2004. 6. 8. (제313-2004-000145)

주소 | 121-842 서울시 마포구 서교동 469-5 정서빌딩 3층
전화 | 02) 337-7253
팩스 | 02) 337-7230
전자우편 | namubooks@naver.com

표지 및 본문 디자인 | 디자인 비따

ISBN 89-955427-7-2 03840